Infinite Dendrogram
インフィニット・デンドログラム
19.幻夢境の王
海道 左近
イラスト タイキ

「……どこ、ここ？」

見回すとそこかしこに
同じような薄っぺらい道が
縦横無尽に伸びている。
どこにも土台や柱がなくて
薄っぺらで曲がりくねった道だけがある。
「ここは──夢の中だ」
ガーベラが『何言ってんだコイツ』
みたいな顔になったが、事実だ。

Character

レイ

レイ・スターリング／椋鳥玲二（むくどり・れいじ）

〈Infinite Dendrogram〉内で
様々な事件に遭遇する青年。大学一年生。
基本的には温厚だが、譲れないモノの為には
何度でも立ち上がる強い意志を持つ。

ネメシス

ネメシス

レイのエンブリオとして顕在した少女。
武器形態に変化することができ、
大剣・斧槍・盾・風車・鏡・双剣に変化する。
少々食い意地が張っている。

ゼクス

ゼクス・ヴュルフェル

『悪人』になることを目的に罪を犯す【犯罪王】。
指名手配の〈超級〉のみを集めた
最強の犯罪クラン〈IF〉のオーナー。
現在は監獄に収監中。

ガーベラ

ガーベラ

隠蔽特化のガーディアンを従えた〈IF〉所属の〈超級〉。
自らの力を過信してシュウに挑み、敗れて監獄に収監された。
その後はゼクスの地獄の特訓で鍛え直される。
メンタルは折れた。

〈Infinite Dendrogram〉
-インフィニット・デンドログラム-
19.幻夢境の王

海道左近

HJ文庫
1022

口絵・本文イラスト　タイキ

Contents

前話 斧と剣

□レイ・スターリング

鎚《つち》の音が響《ひび》いていた。


気がつくと、そこにいた。

自分自身の感覚さえもあやふやな状況《じょうきょう》は、これが夢なのだと伝えてくる。

伝わる感触《かんしょく》の曖昧《あいまい》さが、かつてガルドランダに引き込《こ》まれたときと少し似ている。

けれど同時に……ガルドランダによるものではないことも明らかだった。

俺《おれ》は見知らぬ空間にいる。

暗闇《くらやみ》でもなく、俺の記憶《きおく》の風景でもない。本当に、未知の空間だった。

俺の周囲に広がる光景は、定かなものですらない。あるいは宇宙空間に生身で放《ほう》り出されたようにも感じられる。

不確かな空間であり、夢だとしても朧《おぼろ》げな印象だ。

しかし、空間の用途《ようと》事態は明確だった。

空間の中心に、炉《ろ》が一つ置かれている。

その炉は人間よりも少し大きい程度の炉だったが、夢とは思えない強い存在感を示している。伝わる熱量は、まるで太陽のようにさえ感じられた。

そして炉の存在が……この空間を『鍛冶場《かじば》』だと規定していた。

「…………」

炉の前には金床《かなとこ》が置かれていて、そこに鎚を振《ふ》り下ろし続ける誰《だれ》かがいた。

鎚を振るう人物は男かもしれないし、女かもしれない。老人かもしれないし、少年かもしれない。もしかすると人間ではないかもしれない。

像が曖昧にぼやけてしまって、俺には相手の姿が視《み》えない。

けれど曖昧なままに、溢《あふ》れ出る存在感を伝えてくる。

振るう鎚に込められた力と技術に、素人《しろうと》の俺でさえも熱と衝撃《しょうげき》を感じる。

それこそ、この人物が世界を創《つく》っているのだと言われても信じられる。

けれど今、金床の上で打たれているのは世界ではなく……片刃《かたは》の斧だった。

柄《つか》はなく、斧の刃《やいば》の部分をこの人物は叩《たた》いていた。

赤熱した金属の輝《かがや》きは、鉄や鋼のそれとは違《ちが》う。〈Infinite Dendrogram〉にあるミスリルや神話級金属とも違うだろう。

その金属は、少しだけ透《す》き通っている。

まるでいつか見たアズライトの蒼剣《そうけん》……【アルター】のように。

炉の熱で赤くなっている刃の色は、本来は違う色なのだろう。

完成すれば、きっと美しい色になるだろうと……この時点でも予感できた。

作業の工程は進んでいく。どれほど時間が過ぎているかは分からない。あるいは、早回しで見ているのかもしれない。

作業が進むにつれて斧の形は明確になり、柄も取り付けられて戦斧《せんぷ》……大型の片手斧であることが明らかにもなった。

ソレは俺の思っていた以上にとても美しい白色をしていた。

見たことがない美しい色だ。幽《かす》かに透き通って、武器でありながら祭器のようでもある。

けれど、見覚えのないその『白い斧』を……俺はどこかで見たような気がした。

『…………』

斧がある程度の形になった頃《ころ》、斧を創っていた人物はその手を止めた。

完成、ではないだろう。見た目は完璧《かんぺき》に思えるが、何かが欠けている気がしてならない。

画竜点睛《がりようてんせい》を欠く、という言葉を思い出す。
『……二つに一つ』
無言で斧を創っていた人物が、初めて言葉を発した。
言葉は伝わるけれど、その声からは年齢《ねんれい》や性別を判別できなかった。
『………』
その人物が手を翳《かざ》すと斧は浮《う》かび上がり、空中に静止した。
そして斧を創っていた人物が再度手を翳すと……そこに斧以外の武器が現れた。
それは『蒼《あお》い剣』——俺も見知った【元始聖剣《せいけん》　アルター】だった。
けれど、その【アルター】は俺の知る【アルター】とは違って見えた。
何かが欠けていて、不完全。それこそやはり、画竜点睛を欠いている。
『私は〈鍛冶屋《スミス》〉』
ジョブ名称《めいしよう》と似ているが、〈鍛冶屋〉の言葉からはどこか異なる意味を感じられた。
『私は悩《なや》んでいる。役割を負うべき武器は一つのみ。
私は悩んでいる。渾身《こんしん》を注ぎうる武器も一つのみ』
それは俺への説明ではなく、独り言なのだろう。
白い斧と蒼い剣を前に、〈鍛冶屋〉は独り言を続けている。

あるいはそれは、自らが創った武器に対しての言葉だったのか。

『だが、ここには二つの傑作《けっさく》がある』

〈鍛冶屋〉は斧と剣を見比べながら、自身が言ったように悩んでいる。

それこそ、顔も定かでないのにそれが分かってしまうほどだ。

『一つは最高傑作に。一つは数ある駄作《ださく》になり果てる』

製作者として苦渋《くじゅう》の決断を迫《せま》られているのだと、余人にも理解できる。

そうして〈鍛冶屋〉は悩み続けた。

『これより我《わ》が同胞《どうほう》と共に創り上げる[redacted]の要たる武器を、どちらにすべきか……』

どれほどの時間が経《た》ったかは、斧を創っているときと同様にこの夢では分からない。

けれどきっと短くはないだろう思索《しさく》の末に、〈鍛冶屋〉は……。

『――決めた』

――蒼い剣を手に取った。

夢は、そこで途切《とぎ》れた。

◇◇◇

□【聖騎士《パラディン》】レイ・スターリング

「……っ」

気がつけば、俺の前に広がる景色は見知ったものに変わっていた。

仰向《あおむ》けで見上げる景色に空を囲む観客席が見えたので、俺がいるのが第八闘技場《とうぎじょう》……〈デス・ピリオド〉の本拠地《ほんきょち》、その舞台《ぶたい》の上であることを理解する。

『レイ？　起きたか？』

「……ネメシス？」

紋章《もんしょう》の中から、ネメシスに声を掛《か》けられる。

『まったく。急に寝《ね》こけるのだから驚《おどろ》いたぞ。疲《つか》れがたまっていたのか？』

「……スパーリングのために早起きしたからかな」

今日は早朝からルークとスパーリングしていた。

ルークは〈トーナメント〉対策に多様な戦闘スタイルで俺の相手をしてくれた。

その結果、トータルでは負け越《こ》している。

スパーリングで見えた課題を整理するため、独り残って考え事をしていたが……途中《とちゅう》で意識が落ちたらしい。

『〈トーナメント〉までには起こすつもりであったがな。思ったよりも早く起きたの』

時間表示を見ると時間はほとんど過ぎていない。

夢の中では随分《ずいぶん》長い時間が経ったように感じたが、実際には五分と経ってはいない。

「夢……」

あの夢は何だったのだろう。

脳が見る夢は記憶の再構築だというが、身に覚えがなさすぎる。

【アルター】はともかく、他は……。

「……？」

不意に、俺の手が何かに触《ふ》れた。

視線をそちらに向けると……そこには刃を黒い布に包んだ大型の片手斧があった。

「……何で出てるんだ？」

最初のスパーリングで振りかぶっただけで俺の腕《うで》を吹《ふ》っ飛ばした無銘《むめい》の斧。

使いようがないから、アイテムボックスに仕舞《しま》っていたはずだ。

「ネメシス。これ、お前が取り出したのか？」

『いや、知らぬ。……というか、いつから外に出ておったのだ？』

独りでにアイテムボックスから出てきたということだろうか？

……まぁ、勝手に動く装備品はガルドランダの宿った【瘴焔手甲《しょうえんてっこう》】で既知《きち》ではある。

「…………」

ジッと、無銘の斧を見る。剥《は》がれない布で刃が包まれているため、形は定かじゃない部分はあるものの……夢で見た斧に似ている気がしてきた。

そうして、似たような経験を既《すで》に得ている俺は、一つの答えに辿《たど》り着く。

「ガルドランダのときみたいにお前が夢を見せたのか？」

斧に問いかけるが、返ってくる答えはない。

『どうしたのだ、レイ？』

「いや、何でもない」

ネメシスが心配そうに声をかけてくるが、それで分かることもある。

彼女《かのじょ》と記憶が共有されていないことも含《ふく》めて、ガルドランダのときと同じだ。

だとすれば、やはりこの斧《おの》はあの夢の斧で……あれはきっとこれが創られたときの出来事なのだろう。そのことについて、少し考えこむ。

「……ネメシス。悪いけど、少し腹にモノを入れておきたい。食堂の保存用アイテムボッ

クスから、適当につまめるものと飲み物を持ってきてくれないか？　俺はもうちょっとここで考え事がしたいから」

「仕方ないのぅ。待っているがいい」

そう言ってネメシスは紋章から出て、屋内へと駆《か》けて行った。

俺の方は、斧へと向き直る。

「俺達《おれたち》だけになったけど、お前って話せる武器か？」

再度斧に問いかけるものの、答えはない。【瘴焔手甲】のように勝手に動きもしない。

その様子はただの武器であるようにも見える。

そうしていると、先刻の夢とは無関係で、俺の考えすぎかとも思える。

しかしもしも夢を見せたのがこの斧であり、あの夢が真実とすれば大きな意味を持つ。

あの夢が自身の来歴を俺に告げるためのものならば、この斧は【アルター】と同じ製作者の手によるものということになる。

そして、この斧もあの聖剣と並ぶ代物《しろもの》ということになるが……。

「……そうは、ならなかったんだろうな」

夢の中で、〈鍛冶屋〉と名乗った人物は言っていた。

『一つは最高傑作に。一つは数ある駄作になり果てる』

そして、夢の中で〈鍛冶屋〉は……【アルター】を手に取っていた。

それが答え。製作者が選んだのは【アルター】で、最高傑作となったのも【アルター】。

選ばれなかったこの斧は、〈鍛冶屋〉にとって駄作になってしまったのだろう。

だからこそ、銘《めい》もつけられずに放置された。

……それは、少し無責任な気もした。

傑作にできないのだとしても、せめて銘はつけるべきだったのではないかと思う。

先ほどの夢が俺の空想・妄想《もうそう》でないのならば、この斧には自身の過去を見せる程度の意思があることになる。

であれば、生みの親に名前さえつけられなかったことに、憤《いきどお》りもあるのかもしれない。

それにこの斧は……夢と色が違う。夢で見た斧は刃も柄も真っ白で、透き通っていた。

しかし今の斧は……血の色に染まっている。

一体何があってここまで変じてしまったのか。それも銘をつけられなかったが故《ゆえ》なのか。

今も俺が装備する【紫怨走甲《しえんそうこう》】は斧が溜《た》め込んだ怨念《おんねん》を吸収し続けている。

ならば、怨念の吸収が終われば斧も白色に戻《もど》るのだろうか。……それは分からない。

少なくとも、今まで吸い続けても色が変わる気配は微塵《みじん》もなかった。

「ふぅ……」

この斧に……呪《のろ》いの武器に同情することが良いのかは分からない。

けれどあの夢を見て、今の斧を見て、……どうしても少しの後味の悪さも覚えている。

「……まぁ、これも一種のクエストみたいなものか」

俺は無銘の斧の柄を、指でコツンと叩いた。

「追々、お前の色の戻し方についても調べといてやるよ。それと、製作者本人じゃなくて悪いが仮の銘だけでも考えとこう」

クエスト、スタート。

自主的なものだけど、な。

『…………』

俺の言葉の後も、斧は喋《しゃべ》ることはおろか反応することもなかった。

あるいはさっきのも無関係な夢だったのかもしれないが……どちらでもいいさ。

色を戻すのも、銘をつけるのも、俺がそうしたいからするだけなのだし。

銘については、折角《せっかく》だから何日か考えてつけたいところだ。

「レイ。サンドウィッチと紅茶を持ってきたぞ。モグモグ……」

と、丁度そのタイミングでネメシスが朝食を持ってきてくれた。

「ありがと。でも食べ歩きはやめとけ。あとで掃除《そうじ》しなきゃだし」

「むぅ。闘技場だとどうしてもイベント観戦食べ歩き気分に……モグモグ」

花より団子みたいなこと言ってるな。

まぁ、それもネメシスらしいところだけど。

「さて、朝食を済ませたら中央大闘技場まで移動だな。一回戦から四回戦は午前中だし」

「うむ。ふふふ、腕が鳴る。今宵《こよい》の私は血に飢《う》えているからな！」

「まだ朝だっての」

既視感《きしかん》のあるやり取りの後、俺達は二人（と召喚《しょうかん》したチビガル）で朝食を摂《と》った。


そうして、〈トーナメント〉の初日が始まる。

こちらの時間で一〇日間開かれる〈トーナメント〉の、最初の一日。

数多《あまた》の出会いとドラマを生むと予想される王国の一大イベント。

けれど、この時点の俺は知らなかった。

俺にとって最大の戦いは……予想の外に待っていることを。

□【聖騎士《パラディン》】レイ・スターリング

〈トーナメント〉は全一〇日間の日程で開催《かいさい》される。

一回の〈トーナメント〉の最大参加者は二五六人で、参加者は事前に【契約書《けいやくしょ》】への記入も含めた事前登録を済ませている。

なお、事前登録してもリアルの都合などで参加できない場合もあるので、既定《きてい》の時間内に来場しない場合はキャンセルになり、空いた枠《わく》は当日抽選《ちゅうせん》で参加者を募《つの》ることになる。

これは他の〈トーナメント〉に登録していない者に限られる。

試合は予選である四回戦までは結界の内部時間を加速させ、外側の時間よりも早く決着させて時間を短縮。

そしてベスト16による五回戦からは賭《か》けを含む従来の興行として行う形式だ。

予選までの試合も興行でやるとなると、時間がかかりすぎて一日では〈トーナメント〉

が終わらないためにこの仕様になっている。

それでも、決勝戦は夜の盛り上がる時間にまで雪崩《なだ》れ込むことになるだろう。

このような仕様により、五回戦以降が本選でそれまでの四回戦は予選と言えるが、四回戦までの試合に関してはもう一つルールがある。

それは対戦相手が実際に相対するまで分からないというもの。

トーナメント表はランダム配置であり、一回戦の時点で作成はされている。

だが、公開されるのはベスト16になってからだ。

理由はいくつかあるが、その一つが情報だ。

今回の予選中は身内同士の模擬《もぎ》戦などでも使われる遮蔽《しゃへい》モードなので、試合の様子や選手の手の内を外から見ることができない。

そして予選の間は、参加する選手も試合開始まで対戦相手が分からない。

先にトーナメント表を公開していると、自身の対戦相手の名前から手の内を調べることができてしまう。有名な選手が相手であれば、対策装備で固めることもできる。炎《ほのお》属性魔《ま》法《ほう》が得意な選手相手に、炎熱耐性《えんねつたいせい》の装備で固めていれば確実に有利になってしまう。

環境情報収集戦《メタゲーム》の重要性は高校時代に電遊研《でんゆうけん》の部長に教えられたので俺も理解している。

それもあって、四回戦まで対戦相手は実際に戦うまで分からない。

なお、ベスト16が出揃《でそろ》った時点で全体のトーナメント表も公開されるらしい。

これは勝ち残った者が有名な選手ではない場合、予選で誰を倒《たお》しているかでオッズが変わるからだろう。ギデオンらしい興行の段取りである。

ともあれ、選手側がやることは変わらない。

誰が相手でも四度勝って予選を勝ち抜《ぬ》き、その先の本選も優勝を目指すだけ。

俺も含めて試合を控《ひか》えた選手は、控室《ひかえしつ》で順番を待っている。控室は幾《いく》つか用意されており、予選では当たらない者同士が配されている。

「…………」

つまり同じ控室にいる人達《ひとたち》はしばらく敵ではないのだが……何だか視線を集めている。

「それは、のぅ。御主《おぬし》、大概《たいがい》有名人だしの」

『キシャー。モシャモシャ』

ネメシスがそう言うと、同意したのか分からないチビガルが髪《かみ》の毛を齧《かじ》った。

「……まぁ、流石《さすが》にそろそろ自覚はある」

皇国の〈超級《スペリオル》〉達との戦いが誇張込《こちょうこ》みで広まってしまい、それもあって警戒《けいかい》されているのだろう。『本選で当たったらどう戦うか』を考えられているのかもしれない。

だが、俺にしてみればまず予選を突破《とっぱ》できるかが問題だ。

有名であることは、この〈トーナメント〉ではマイナスにしかならない。

試合で相対した時点で、手の内がバレている。対策装備を用意する時間がなくとも、有効な戦い方はとられてしまうだろう。それこそ、先の〈アニバーサリー〉のように。

ただ、それでも俺にとって幸いなことがある。

それは、これが決闘《けっとう》の舞台の上での試合ということだ。どうしても距離《きょり》の開きようがないため、遠距離戦が苦手な俺もこちらの手札の多くが有効な範囲《はんい》で戦うことができる。

……まぁ、極論だが【ストームフェイス】を装着した状態で《地獄瘴気《じごくしょうき》》を結界内に充《じゅう》満《まん》させれば有利にはなるだろう。

「……えぐいのぅ」

本選でやったらブーイングされるかもしれない。瘴気で試合が見えなくなりそうだし。

「毒ガスデスマッチの【聖騎士】は流石にのぅ……」

大学の同期には嬉々《きき》として悪魔《あくま》の肉を食い千切るバーサーカーだと思われてたし、今更《いまさら》な気もするな。

「……さて、そろそろ順番かな」

先刻からかなり速いペースで控室の選手が呼ばれている。

高速仕様だからだろう。短くて一分、長くても五分程度で次の番号が呼ばれている。他に複数の控室があることを考えるとかなりのハイペースだ。

この分ならば、問題なく午前中に四回戦までを終えることができるだろう。

「レイ・スターリング選手。次の試合です」

「はい」

闘技場のスタッフさんに答えて、椅子《いす》から立ち上がる。

『腕が鳴るのぅ』

『キシャー』

ネメシスが大剣に変じ、チビガルは名残惜《なごりお》しそうにしながら召喚を解除して【瘴焔手甲《しょうえんてっこう》】に戻った。俺も【ストームフェイス】を装着し、【黒纏套《こくてんとう》】をフードまでしっかりと被《かぶ》り、万全《ばんぜん》の態勢で控室を出る。

控室を出るときに「暗黒卿《きょう》」とか「悪魔喰《あくまぐ》らい」とかいう声が聞こえたけど……聞こえなかったことにしよう。

「それでは、こちらからご入場ください。対戦相手は既にご入場済みです」

「分かりました」

案内してくれたスタッフさんは、黒い結界に包まれた舞台を掌《てのひら》で指してそう言った。

なるほど、入場タイミングもズラすことで本当に相手が分からないようにしている訳だ。

「……さて、鬼《おに》が出るか、蛇《じゃ》が出るか」

『鬼は間に合っているがのぅ』

まぁ、たしかに。ガルドランダいるしな。

ただ、俺が参加した〈トーナメント〉の景品になっている珠《たま》は【鬼面仏心《きめんぶっしん》 ササゲ】という〈UBM〉なので、最終的に行き着けばやはり鬼が出るのだろうけれど。

そんなことを思いながら、黒い結界を潜《くぐ》る。

外からは黒塗《くろぬ》りに見えた結界だが、内側からは外が透き通って見えた。

遮光《しゃこう》の度合いは薄《うす》いガラスを挟《はさ》んだ程度なので内部は明るく、俺に続いて入場しようとする対戦相手の姿もちゃんと見える。

「お。対戦相手のお出まし……あれ？」

「え……？」

舞台の上に立っていた対戦相手と俺は、揃《そろ》って声を上げた。

なぜなら……顔見知りだったからだ。

「随分物騒《ずいぶんぶっそう》な装《よそお》いになってるけど、レイ・スターリングさんかい？」

「あんたは確か……ラングさん？」

かつて、【モノクローム】の事件の際に共に空へと上がった〈マスター〉の一人、ラングさんだ。ライザーさんのクランである〈バビロニア戦闘団〉のメンバーで、【盗賊王《キング・オブ・バンディット》】が起こした王都でのテロの時は霞達《かすみたち》とも共闘《きょうとう》したと聞いている。

まさか一回戦の相手が彼《かれ》だとは……。

「ラングでいいぜ。俺もレイと呼ばしてもらうからよ。構わないかい？」

「ああ」

「ありがとよ。へへっ……しかしこいつはまた厄《やく》ネタを引いちまったかな」

「厄ネタって……」

人を何だと思っているのだろう……。

「だが、俺も意気込《いきご》んで〈トーナメント〉に出たんでね。戦う前から諦《あきら》めはしねーよ」

ラングはそう言って馬上槍《やり》を《瞬間装備《しゅんかんそうび》》して、構えをとる。

「こっちも、負けるつもりはないさ」

俺もまた黒大剣のネメシスを構えてシルバーに騎乗《きじょう》する。

シルバーも装備品の一種なので、この時点で装備していても問題はない。

ラングに《看破》を使ってみるが、何らかの対策装備を使っているのか俺のスキルレベルではジョブは見えてもステータスは隠されている。

こちらも【ブローチ】の代わりにつけたアクセサリーで同じことはしている。

しかし俺の場合、手の内はバレているだろう。懸念《けねん》通り俺を知っている相手とぶつかってしまった。俺の戦闘スタイルや、《カウンター・アブソープション》の回数制限なども知られていると思っていい。〈アニバーサリー〉のときと同じだ。

反面、俺はラングの戦闘スタイルを知らない。

トルネ村でヒポグリフに乗っていたことは覚えているが、あの戦いでは【モノクローム】の先制攻撃《こうげき》で彼は早々にデスペナルティしてしまったからだ。情報はないも同然。

強《し》いて言えば、急所に命中したとはいえレーザーの一撃で即死《そくし》した以上、耐久《たいきゅう》型ではないのだろうということ。

ジョブが【疾風騎兵《ゲイル・ライダー》】であることからも、AGI型であるのは確定だ。

『決闘開始まであと一〇秒』

「…………？」

けれど、アナウンスが聞こえたタイミングで……疑問を覚える。

ラングはヒポグリフを駆る【疾風騎兵】。

キャパシティに収まったモンスターなら、最初から出していても問題ない。

なのに、どうして彼は俺のように騎乗していない？

『五、四、三』

だが、俺がその疑問の答えを得るよりも早く、決闘開始のカウントダウンは進み、

『二、一、――ゼロ』

カウントがゼロとなり、試合が始まり――、

「――《全天周回路《ハレー》》、起動！」

ラングが彗星《すいせい》の名を冠《かん》するスキルを起動した瞬間、結界内が蒼い光に包まれ――。

◇◇◇

□中央大闘技場

中央大闘技場の外では、大勢の人々が並んでいた。

彼らの多くは午後の本選において座席指定なしの観覧チケットを持つ者である。早くに並び、少しでも良い席を取ろうとしている層だ。

　また、彼ら以外に中央大闘技場の周辺で開かれている関連イベントや出店を楽しむ者も多く、一帯は大変に賑《にぎ》わっている。

「あ、ライザーさんだ！」

『ん？　ああ！　久しぶりだな、イオ君』

　そんな賑わいの中で、〝仮面騎兵《きへい》〟マスクド・ライザーは、見知った少女と再会した。

　それは〈デス・ピリオド〉のメンバーであるイオだ。王都で発生したテロの際は、共に事件の解決に動いた仲間でもある。

『他の二人は一緒《いっしょ》じゃないのかい？』

「手分けして出店でご飯買ってますよ！　うちのオーナーの応援《おうえん》の準備中！」

　食べ物は質の良いアイテムボックスに入れておけば鮮度《せんど》も温度もそのままなので、予《あらかじ》め買っておくことに問題はない。

『そうか。彼は今日が出場日だったか』

「はい！　ライザーさんは今日の〈トーナメント〉に出ないんですか！　今日って何だかお面になりそうな名前の〈UBM〉でしたけど！」

　イオが言うように、【鬼面仏心　ササゲ】はそれこそ特典武具で鬼の面になりそうな〈UBM〉だったが、ライザーは笑って否定する。

『この仮面は愛着があるからね、新しい仮面になってしまいそうな特典武具は避《さ》けているのさ。それに、〈UBM〉の性質も汎用性《はんようせい》は高いが俺にシナジーしているものでもない』

「なるほど！　うちのクマさんが着ぐるみ被りで困るのと同じような話ですね！」

『近くはあるかもしれない』

シュウの特典武具はこれまで一つを除いて全《すべ》て着ぐるみなので、選ぶも何もあったものではないが……そんなことは露《つゆ》知らない二人である。

「じゃあ今日は普通《ふつう》に観戦なんですね！」

『それもあるが、実はうちのクランからも何人か参加しているんだ。ラング……あの事件でヒポグリフに乗った〈マスター〉を覚えているかな？　彼も参加している』

「あ、おぼえてます！　へー！　出るんだ、って……あれ？　そういえばあの人って事件で〈エンブリオ〉使ってましたっけ？」

噴水《ふんすい》広場での【レジーナ・アピス・イデア】との戦いを思い返せば、たしかにヒポグリフに乗った〈マスター〉がいた記憶はある。

だが、彼が〈エンブリオ〉を使っていた記憶がない。武器も、スキルも、騎獣《きじゅう》であるヒポグリフも、全て普通のものだ。

あるいは、外からは分かりづらい〈エンブリオ〉を使っているのかとも思ったが……。

『使っていないさ』

それはライザーの言葉で否定された。

『ただ、ラングがあの戦いで手を抜いていた訳じゃない。なぜなら彼の〈エンブリオ〉は……っと。……まぁ、あのときは使えなかっただけだ』

「?」

イオは疑問符《ぎもんふ》を浮かべるが、身内の手の内を勝手に晒《さら》すわけにはいかないライザーとしては苦笑《くしょう》で返すしかない。

ただ、彼の〈エンブリオ〉が、あの局面では使えなかったという答えが全てでもある。

使いどころの限られるラングの〈エンブリオ〉——【疾走彗星《しっそうすいせい》 ハレー】。

そのカテゴリーは——。

◇◇◇

□【聖騎士】レイ・スターリング

「これ……は?」

眩《まばゆ》い光が収まると、周囲の光景は一変していた。

結界の内側にもう一つ、内外を隔《へだ》てる境ができている。

それは——巨大《きょだい》な球状の檻《おり》。夜空のような色合いの金属でできた檻だった。

格子《こうし》の間には同色の金属メッシュが張られ、鼠《ねずみ》が通り抜けるほどの隙間《すきま》もない。

俺《おれ》はその内側に、シルバーに騎乗したまま閉《と》じ込《こ》められていた。

あるいは、閉じ込められていたという表現は正しくないかもしれない。

この檻のサイズは巨大であり、それこそ舞台とほぼ同じだけの広さがある。

身動きに関しては、結界に入った時点と大差ない。

強いて言えば、球体であるがゆえに足元に傾斜《けいしゃ》が掛かっていることが違いだろう。

試《ため》しに檻をネメシスで切りつけてみても簡単に弾《はじ》かれてしまい、切りつけた箇所《かしょ》には疵《きず》すらもできていない。少なくとも、真っ当な手段での破壊《はかい》は難しいだろう。

「これは……」

この檻が〈エンブリオ〉ならば、そのカテゴリーは……。

『——ＴＹＰＥ：キャッスル』

建造物の〈エンブリオ〉であり、これまでもフランクリン以外には戦ったことがない。

そもそもキャッスルというのは戦闘で前に出るには向かないと聞いている。

生産系や拠点《きょてん》系の能力特性が多く、一度設置したら紋章に収納しなければ移動不可能なものが大半を占《し》めることがその理由らしい。

フランクリンのパンデモニウムの場合は、モンスターを生産・運搬《うんぱん》する〈エンブリオ〉であり、脚《あし》が生えていて移動可能だったからこそ空母のように戦場に出てきていた。

だけど今回は……。

『なるほど。檻のキャッスルなら、戦闘でも使えるか』

ネメシスが言うように、相手を閉じ込める能力ならば確かに戦闘向きかもしれない。

だが、……閉じ込めるにしてもこれでは広すぎるように思える。

舞台がすっぽり収まってしまっていて、これでは閉じ込める意味がない。

そもそもラング自身はどこに……。

『ハッハッハ。こいつは檻じゃねえし、それにキャッスルだけでもねえよ』

頭上から、声が聞こえた。

球状檻の最上部を見上げると……太陽の逆光の中に特徴的《とくちょうてき》なシルエットが見えた。

『こいつのTYPEは――チャリオッツ・キャッスルだ』

それは――衝角《しょうかく》付きの大型バイクに跨《また》ったラングの姿だった。

逆さまの状態で檻の表面に吸い付くように固定されたバイクと、それに跨るライダー。

特撮《とくさつ》ヒーローの仮面ではなく、レーサーが装着するようなヘルメット越《ご》しにラングの声が聞こえる。

「……複合型《ハイブリッド》」

ＴＹＰＥ：チャリオッツ・キャッスル。つまりは俺達を閉じ込めた檻とラングの乗ったバイク、その両方が〈エンブリオ〉ということ。

そして球状檻の中でバイクに跨る姿を見て、俺の脳裏《のうり》にはある単語が思い出された。

「グローブ・オブ・デスか……！」

『知ってるのかい！　そりゃあ話が早い！』

グローブ・オブ・デス——球体内をバイクで疾走《しっそう》するバイクスタントの一種。

三六〇度、どころか上下の区別もなくバイクで駆け回る極《きわ》めて難易度の高いスタントだ。

先刻の宣言が必殺スキルであるならば、ハレーという名の〈エンブリオ〉は、このバイクスタントを能力特性としているのだろう。

「……あんた、ヒポグリフ乗りじゃなかったのか？」

『生憎《あいにく》と、こいつはこの中でしか走れないんでな』

ラングは自身の跨ったバイクのタンク部分に、手を置きながらそう言った。

『外で動き回るにゃ、ピート……うちのヒポグリフが必須《ひっす》なのさ』

つまり、ヒポグリフは代車であり、この金属球を展開してバイクに乗ってこそラングは本領を発揮できるということだ。

【モノクローム】戦で使わなかった理由も明白だ。この金属球が飛べるとは思えない。

「ライザーさんの後輩《こうはい》とは聞いてたけど、それはバイク乗りとしても……ってことか」

『そういうこったな！』

俺の言葉に彼は笑って答えた。

……それにしても、自身の〈エンブリオ〉の詳細《しょうさい》をよく話してくれたものだ。

姿を見失っていた俺に不意打ちも仕掛《しか》けてこなかった。あるいは、自分だけが俺の情報を持っていることをアンフェアに感じ、ある程度は教えてくれたということなのだろうか。

そういった正々堂々としたところも、ライザーさんと似ている。

『さぁて、それじゃあそろそろおっぱじめるとするかね』

ラングはハンドルを握《にぎ》り、ハレーのアクセルを吹かし始めた。

エンジン音と共に、バイクのマフラーから黒い排煙《はいえん》が放出されていく。

「……そうだな」

応じながら、俺もシルバーに《風蹄《ふうてい》》による圧縮空気のバリアを展開させる。

ただし全周を完全に覆《おお》うのではなく、この金属球のように隙間のある形だ。

同時に、右手の【瘴焔手甲】から《地獄瘴気》を噴出《ふんしゅつ》する。

噴《ふ》き出す瘴気は、バリアの隙間から球体内に流れ出ていく。

見れば、瘴気は金属球のメッシュ部分から外に漏《も》れることもなく、内側に溜まっていく。

目に見える金属部分以外に、結界のような仕組みがあるのかもしれない。

『さっきは厄ネタなんて言ったがね、〝不屈《アンブレイカブル》〟のレイ・スターリングとやれるのはちょっと楽しみだぜ』

俺が模擬戦を重ねた決闘ランカー達と似た雰囲気《ふんいき》を発したラングが、ヘルメット越しに笑う気配を感じた。

『だから、瞬《まばた》きはしてくれるなよ』

そうして彼はアクセルを小刻みに吹かし続け、

『うちのハレーは――ちぃっと速ぇからよ』

彼が手元のアクセルを大きく回した瞬間《しゅんかん》――彼の姿は消えた。

「……！」

視界の隅《すみ》に幽《かす》かに残った残像が、瞬間移動ではなく高速移動によるものだと告げている。

しかし、あまりに速い。俺は瞬きなどしていないが、一瞬で視界から見失っていた。

『ッ！　後ろだ！』

ネメシスの警告に振《ふ》り向くよりも早く、衝撃《しょうげき》を感じた。

「ッ……!?」

俺の自重、どころか俺を乗せたシルバーごと吹き飛ばす重い一撃。

圧縮空気のバリアを破られた上で、決して軽くはないダメージでＨＰを削《けず》られる。

それだけに留《とど》まらず、俺達は衝撃を感じたのと逆方向の内壁《ないへき》にまで弾《はじ》き飛ばされていく。

だが、それを追うように一騎《いっき》の影《かげ》が俺達に迫《せま》ってくる。

それは、ラングの跨ったバイク。逆光で確認《かくにん》できなかったバイクの色は青白く、色同様に彗星の如《ごと》く……弾き飛ばされた俺達を追撃せんとしていた。

やがて、彼我《ひが》の距離がゼロへと縮まり、

「ネメシス！」

『応！』

ネメシスの展開した《カウンター・アブソープション》に、正面から突《つ》っ込んだ。

俺達に加撃するはずだったダメージごと、持っていた運動エネルギーを光の壁《かべ》に吸われて一時的にその動きを止める。

「《煉獄火炎《れんごくかえん》》ッ！」

左手をラングに向けて、高熱の火炎放射を全力で浴びせかける。

ラングは咄嗟《とっさ》にハンドルを切り返して回避《かいひ》せんとしたが、僅《わず》かに炎が届くのが早い。

『チィッ！』

バイクの表面とライダースーツを炙《あぶ》られた彼は、再加速して俺達から離脱《りだつ》する。

だが、疾走する彼の先に待つのは球体の内壁であり、再度目視困難なレベルにまで加速しながら彼はその壁に――ぶつからず駆け上がる。

「ッ！　シルバー！」

『…………！』

シルバーが咄嗟に《風蹄》で球体中央部の空中に脱《だつ》した直後、音を置き去りにしながら俺達のいた位置を青白い影が通り過ぎた。

『……なるほど、のぅ。この球体の中は、奴《やつ》にとって減速の必要がない空間という訳だ』

加速しながら上下の区別すらなく駆け続け、回り続けるのがグローブ・オブ・デス。

ゆえに、相手が内壁のどこかに足を着けているならば、どこであろうと周回の果てに加速して激突《げきとつ》することができる。

強いて安全地帯と言えるのはこの空中部分だけだが、それもどこまで安全かは知れたものではない。この球体が彼の〈エンブリオ〉で、この中こそが主戦場であるならば、その程度の逃《に》げ道《みち》への対策は持っていて当然だからだ。

今はただ走り続けているが……どこかのタイミングで対抗策《たいこうさく》を仕掛けてくるだろう。

「それにしても……」

ラングの速度は、明らかに音速を超越《ちょうえつ》している。

俺の体感が正しければ、マリーの戦闘《せんとう》機動よりも数段速い。

その速度がそのまま攻撃力《こうげきりょく》にも転化されている。俺が耐久型で、かつ新しい【VDA】でHPが割り増しされていなければ、傷痍《しょうい》系状態異常でさらに状況《じょうきょう》が悪化していただろう。

シルバーもダメージを負っていて、出せる速度も万全ではなさそうだ。

『上級職と〈上級エンブリオ〉でこれほどの速度か。何か種と仕掛けがあると見た』

「ああ……」

〈エンブリオ〉の性能を引き上げる要因は幾つかある。

俺がこれまでよく見たのは『追加コスト』、『条件』、『無制御《むせいぎょ》』、『制限』だ。

『追加コスト』は言うまでもなく、スキルの行使や性能上昇《じょうしょう》のためにMPやSP以外の物を使うこと。ネメシスのダメージカウンターも大別すればこれに分類される。

『条件』は、特定条件をクリアしたときのみ効果を発揮するというもの。ネメシスで言えば《逆転は翻る旗の如く《リバース・アズ・フラッグ》》が該当《がいとう》する。

『無制御』は、制御を放棄《ほうき》して自分へのダメージさえも厭《いと》わぬコントロールのなさが出力を引き上げる。俺の手札で挙げるなら、〈エンブリオ〉ではないが《瘴焔姫《ガルドランダ》》がこれに近い。

そして『制限』は機能上の制限。スキルの回数制限や、特定環境でしか使えないものが当てはまる。言うまでもなく、《カウンター・アブソープション》の回数制限もこの類《たぐい》だ。

ラングのハレーも、十中八九『制限』によって基礎《きそ》性能を引き上げている。

あのバイクは金属球の中でしか走れないと言っていた。つまり、使える場を球内に限定することで、チャリオッツとしての速度や突撃《とつげき》能力を跳《は》ね上げている。

欠点があるとすれば、この檻の外側の相手には何もできないということなのだろう。兄ほどでないにしても、広域火力を持つ者なら外からワンサイドゲームに持ち込めてしまう。

この弱点を含《ふく》むがゆえの、速度と突撃力。

しかしこの弱点は、決闘においては弱点になりえない。

なぜなら、金属球のサイズは、舞台と同程度。

相手は閉じ込める範囲から逃《のが》れることも、外から攻撃することも叶《かな》わない。

決闘に最適化されているとさえ言える。

「……もしかして、ラングも決闘ランカーだったのか？」

そんな疑問を口にすると、球体内を目視困難な速度で疾走するラングから返答があった。

ドップラー効果で所々聞き取りづらいものの言葉は聞こえるし、意味も理解できた。

『一時期な！　だが、アンタと会う少し前、マックスの奴に負けて三〇位から落っこっちまったよ！　まだ二つ名も付いてなかったってのにな！』

ラングは元ランカー。あの速度と猛攻《もうこう》を見れば、納得《なっとく》するしかない。

彼もまた、地力で俺を上回る猛者《もさ》の一人ということだ。

特典武具を加味すれば同等、あるいは上回ることができるだろうか……？

『……レイ、《地獄瘴気》の効果がないぞ』

そう思っていると、ネメシスから忠告を受けた。

先だって使用した《地獄瘴気》によって、既《すで》に球体内には瘴気が充満している。

二重状態異常にかかっていれば、あれほどの速度でバイクを走らせ続けることも難しいはずだが……その兆候はない。

だが、その理由らしきものは察せられ始めた。

「瘴気以外にも……ガスが混ざっている」

黒紫《くろむらさき》の瘴気に紛《まぎ》れて、黒いガスが球体内に流れている。

それは、ラングがアクセルを吹《ふ》かしていたときに、マフラーから漏れていたものだ。

ただの排煙かと思っていたが、どうやらそうではなさそうだ。

「ハレー……ハレー彗星。そうか」

ラングの〈エンブリオ〉のモチーフに思考を巡《めぐ》らせて、答えらしきものに辿《たど》り着く。

「『ハリーのしっぽ』……か」

それは、今から一三〇年以上も前に広まったとある風説。

地球で最初に知られた周期彗星であるハレー彗星。その彗星の尾《お》……ガス部分に毒性があって地球上の生物は全て死ぬ、あるいは彗星に空気を持っていかれて窒息死《ちっそくし》するという学説を元に、世界中に広まった流言飛語。

無論、ガスが地球に届くことも空気を持っていくこともなかった。ただの杞憂《きゆう》の逸話《いつわ》だ。

しかし、ハレー彗星の名を冠したこの〈エンブリオ〉の場合は真実であるらしい。

排煙がそのまま毒ガスであり、金属球に充満していく。こちらの瘴気が外に漏れなかったのは、あちらの毒ガスを外に漏らさない仕組みに知らず便乗した形なのだろう。

ならば、もう一つ分かることもある。

「……あっちも酸素マスクを着けてるってことだな」

あのフルフェイスヘルメットは防毒用。でなければ、こんなスキルは使わない。

奇《く》しくも、彼我の発想が似通ったと言える。お陰《かげ》でこちらは【ストームフェイス】で相手の毒を受けずに済むが、あちらにも《地獄瘴気》が通じていない。

お互《たが》い、勝利するには他の手段を講じなければならない。

だが、俺はラングに対して打つべき手を考えあぐねている。

縦横無尽《じゅうおうむじん》に駆《か》け回る相手。速度では追いつけず、狙《ねら》ってカウンターを当てるのは困難。

《応報《ペイバック》》はチャージの難があり、《シャイニング・ディスペアー》を命中させるのはカウンター以上に困難。発動までラグがある《グランドクロス》も然《しか》りだ。

《追撃者《ナエイサー》》でステータスを真似《まね》ても、恐《おそ》らくは無駄《むだ》。あれは乗り物が速いタイプであって、本人のステータスを真似ても追いつけない。

『マックスに負けたという話だが……』

マックスのことは知っている。ジュリエットの友人の決闘ランカーだ。討伐《とうばつ》クエストで共闘したこともあるし、先の〈アニバーサリー〉にも参加している。

彼女《かのじょ》の戦闘スタイルが攻略《こうりゃく》のヒント……にはならないか。

彼女のイペタムは大量の刀剣《とうけん》をドローンのように展開する能力があったはずだ。そんなものをこの檻の中にばら撒《ま》かれれば、ラングのバイクもまともに走れなくなるだろう。

それは俺には真似できない。

であれば後は……広範囲《こうはんい》に《煉獄火炎》を振り回して、少しずつでも炙るか？

「いや、他にも……」

まだ打てる手があると考えたとき、肌《はだ》が粟立《あわだ》つ感覚を抱《いだ》いた。

危険への直感。このままではまずいという、理屈《りくつ》ではない危険信号。

咄嗟にシルバーの手綱《たづな》を引いて、僅かに右側に避《よ》けた。

――瞬間、青白い影が超音速《ちょうおんそく》で真横を通り過ぎた。

シルバーの左装甲《ひだりそうこう》と俺の左足をフッ飛ばしながら、影は後方へと突き抜けていった。

「……な、あ⁉」

必死で落馬しないように、体勢を整える。

交錯《こうさく》から僅かに遅《おく》れ、今の影がバイクに跨ったラング自身であると理解する。

弾丸《だんがん》のように回転しながら……俺目掛《おれめが》けて宙を舞《ま》ってきたのである。

そう、恐らくは、加速が最大状態に達した時点で内壁から跳んだ。

まるでレーサーがコースアウトして吹っ飛ぶかのような有様。

だが、直撃《ちょくげき》すればシルバーごと俺を粉砕《ふんさい》可能な速度と威力《いりょく》が、そこにはあった。

「ッ……！」

影が飛び去った後方の内壁へと振り向くが、そこには既に何もない。

ラングとバイクが内壁に激突して木《こ》っ端微塵《ぱみじん》になっているようなこともなく、今も本体に置き去りにされるエンジン音が上下左右から響《ひび》いてくる。

どうやら、あの状態から問題なく着地を成功させ、再加速に突入《とつにゅう》しているようだ。

『……あの技、どういう理屈なのだ？』

状況を理解したネメシスが戦慄《せんりつ》半分、呆然《ぼうぜん》半分という声でそう呟《つぶや》く。

「…………」

俺も同感だったが、既視感《きしかん》もある。

高校生の頃《ころ》、部室に置いてあった漫画《まんが》……四輪駆動《くどう》の自動車模型でレースするホビー漫画にこんな技があったような気がする。

自分が乗ったバイクであれをやるのは流石に命知らずが過ぎると思うが、ラングの場合はそもそもバイクスタントを能力特性としてハレーが生まれている。

元々、そういった素養のある人間なのかもしれない。

『ここも安全地帯ではないようだのぅ。だが、……どう手を打つ？』

ネメシスが苦渋《くじゅう》の声で呟く。

ラングは既に再加速に突入し、どこかのタイミングでまたあの技を仕掛けてくるだろう。

次に攻撃されるまでの猶予《ゆうよ》は数十秒もないと見た。

このままヒット&アウェイを繰《く》り返されればどこかで回避と防御《ぼうぎょ》に失敗し、敗れる。

《カウンター・アブソープション》でダメージと運動エネルギーを消すという手もあるが、速度が速すぎてどこから仕掛けてくるかも読めない。張る方向を仕損じる恐れが強い。

「……あれしかないか」

それでも、この状況で打てる手が……一、つだけ、ある。

「MPは……足りてるな」

講和会議での戦いの後、呪《のろ》いの武具の解呪《かいじゅ》を大量にこなした。特に無銘《むめい》の斧《おの》からの吸収量が多く、【紫怨走甲】にはアレを使えるくらいの怨念《おんねん》が溜《た》まっている。

左足の分がなくても、この舞台上に限れば恐らく足りるだろう。

あとはハレーの仕様次第《しだい》だが、最悪全て《地獄瘴気》のガスで賄《まかな》う。

『……レイ。御主《おぬし》、まさかアレをやる気か？』

アレだ。

『使っても大丈夫《だいじょうぶ》なのか？』

ハレーと結界で二重だ。それに今回は観客もいないし、破れるほどの威力は出ない。

それにきっと……そこまで威力を上げる必要もない。

『なら、試すか』

「応」

ネメシスに肉声で返答し、俺はシルバーの首を軽く叩《たた》く。

「頼《たの》むぞ、シルバー」

シルバーが断《いなな》きのようなエンジン音で応える。

そして俺は……。

「《風蹄》――発動」

そのスキルの――その戦法の使用に踏み切る。

◆◇◆

□■中央大闘技場《とうぎじょう》・舞台

『手強《てごわ》いな。流石《さすが》は〝不屈〟のレイ・スターリングだぜ！』

ハレーの内壁を疾走しながら、ラングは高揚《こうよう》半分緊張《きんちょう》半分でそう呟いた。

現在、ラングは毒ガスのスキル《テール・オブ・ハリー》を継続《けいぞく》使用している。

窒息《ちっそく》状態を齎《もたら》す毒ガスによって状態異常になれば、それでラングが有利になるからだ。

とはいえ、この状態異常策は装備品によってラング自身がそうしているように無効化されたようだが……問題はない。

ラングの戦術はもう一つある。

それは——最大加速状態での飛翔突撃《ひしょうとつげき》。

バイクのハレーは、金属球のハレーの中でしか走れない。宇宙色の球体の中で周期彗星のようにグルグルと巡るだけだ。

だからこそ、この内部においてハレーの疾走は他の追随《ついずい》を許さない。

ラング自身が【疾風騎兵】であることも含め、現時点の最高速度は音速の五倍以上。

加速時間を要するが、最大加速に到達《とうたつ》すれば第五形態の〈エンブリオ〉としては破格の速度と威力を発揮する。

それは跳んでも有効であり、合計重量が四〇〇キロを超《こ》える物体がその速度で激突すれば、特殊《とくしゅ》な防御手段か馬鹿《ばか》げたステータスがなければ即死級のダメージを受けるだろう。

決闘《けっとう》での敗戦は、マックスとの戦いも含めてほぼ全て最大加速前に潰《つぶ》されたためだ。

ゆえに、レイのように相手が空中で様子見をしている状態は、ラングにとって必勝の形。

ネメシスの《カウンター・アブソープション》でも反応できぬタイミングと方向から、一撃で勝負を決めることができる。

……はずだったが、その思惑《おもわく》はレイ自身の直感による回避で外される。

必殺の一撃はレイの身体《からだ》を幾《いく》らか抉《えぐ》るにとどまり、ラングは再加速を余儀《よぎ》なくされる。

それでも、手応《てごた》えはあった。

直撃さえすれば確実に勝てるというだけの手応えが。

(最大加速まであと二〇秒！　追走不能速度に達している！　次のジャンピングのタイミングを悟《さと》らせず、《カウンター・アブソープション》をしくじらせれば勝てる！)

避けられたとしても、構わない。また繰り返すだけだ。

唯一《ゆいいつ》の懸念は《カウンター・アブソープション》の防御タイミングと方向が合致《がっち》することだが、逆にどちらかをしくじった時点で直撃する。

勝てる……とラングは考えた。

――レイ達に異変が生じたのは、そのときだ。

(あれは……)

レイに……正確にはレイが騎乗したシルバーに変化が生じる。

周囲の気体を吸い寄せて、圧縮空気のバリアを再び構築しはじめている。

ハレーの内部に充満《じゅうまん》した瘴気と毒ガスのせいか、そのバリアは真っ黒に染まっていた。

（守りを固めて俺のジャンピングを防ぐつもりか！　だが、俺の最大攻撃だ！　並大抵《なみたいてい》の壁じゃあ防げねえぜ！）

ミスリルや古代伝説級金属の壁でも突き破《やぶ》れると、ラングは確かな自信を持って考える。

あるいは、全方位にバリアを作ることで入射角を読み、後出しで《カウンター・アブソープション》を成功させる腹積もりなのかもしれない。

『おもしれえ！　間に合うかどうかやってみな！』

そうして短くも長い時間が過ぎる。

ラングの最大加速が終了《しゅうりょう》したころ、シルバーは……まだ空気を集めていた。

ずっと空気を集めているが、真空にはなっていない。

ハレーは《テール・オブ・ハリー》との兼《か》ね合いで空気の漏出《ろうしゅつ》を防ぐ仕組みはあっても、外部から流入する空気を防ぐ働きはないからだ。闘技場の結界も炎《ほのお》などによる真空化を防ぐため、同様の仕組みになっている。

だが、空気があろうとなかろうとラングとハリーの疾走に支障はない。

『どれだけ分厚くしたところで、風船なんぞに防げる技じゃねえぜ！』
ラングはそう叫《さけ》んで、トドメの一撃を放つためにバイクごと飛び立とうとする。
（――いや、違《ちが》う）
その瞬間《しゅんかん》に、思考より先に本能が理解した。
あるいは、思い出した。
かつて見た光景。かつて見た色。
シルバーのバリアの色が黒い理由が、取り込んだ毒ガスのためではないことを。
高密度に圧縮されたがために、光すら通さなくなったがゆえの黒色であることを。
（これは……）
ラングはそれを知っている。きっと、ギデオンに縁《ゆかり》のある者の多くが知っている。
レイが〝不屈〟と呼ばれるようになった由縁《ゆえん》の戦いで勝利の決め手になった戦法。
その戦闘と、あるイベントでしか使われていない、レイの基本戦法の外にある札。
「――《風蹄《ふうてい》》、解除」
――風蹄爆弾と呼ばれる圧縮空気による大爆発である。

圧縮され続けた膨大《ぼうだい》な量の気体が、レイの宣言と共に外部へと解放される。

熱なき爆風がかつてのように衝撃をまき散らさんとするが、それはハレーの内部では【RSK】との戦いを遥《はる》かに上回る大惨事《だいさんじ》を引き起こす。

そうなった要因は、『内部の空気を漏らさない』ハレーそのもの。

金庫の中でダイナマイトを爆発させるかのように、密閉空間で爆風が猛威《もうい》を振るう。

それでも、ハレーは砕《くだ》けない。

内部の者を逃がさない頑強《がんきょう》なキャッスルは、その爆発にも耐《た》えた。

だが、耐えられないモノもいる。

金庫でもダイナマイトでもないモノ。

内容物の一つに過ぎず、耐えきるだけの耐久力《たいきゅうりょく》を持ち合わせていない——ラング自身。

荒《あ》れ狂《くる》う破壊の中で、ラングは時を置かずにＨＰを全損していた。

少なくとも……レイよりも先に。

第二話 記憶と失念

□【聖騎士《パラディン》】レイ・スターリング

〈トーナメント〉の一回戦が終わり、俺は辛《から》くも勝利を収めた。

決め手風蹄爆弾。【神獣狩】戦ではノックバック止まりだったが、今回は攻撃用だ。

相手が速すぎても、自分を中心とした爆発……全方位同時攻撃《こうげき》ならば当てられる。

……まぁ、空気漏れのない密閉空間だったので結果的に威力が上がりすぎた気はするが、

それでもラングのハレーと闘技場結界の両方がそれに耐え切ったので良しとする。結界から戻《もど》ってきた爆風の被害《ひがい》でこちらが落ちる前に決着したし。

ちなみに、風蹄の圧縮途中《とちゅう》で再突撃されたならその時点で解除するつもりだった。

バリアへの接触《せっしょく》に反応して風蹄を解除すれば、確実に命中はする。ただし、その場合は体勢を崩《くず》したラングを倒《たお》すか、体勢を崩せず突撃で死ぬかの賭《か》けになっていただろう。

ともあれ、結果としては無事に読み通りと言える。

ちなみに試合終了後にラングとも少し話をした。

お互いに相手の想定外の手に驚《おどろ》いたものの、クリーンな試合ができたと思う。

「……瘴気と毒ガスの蔓延《まんえん》するクリーンな試合か。環境《かんきょう》には優《やさ》しくない気がするのぅ」

『キシュー？（エコ……どこ？）』

それは言うなよ。

さて、今回の試合を振り返っての勝因が何かと言えば、手札の多さだろう。瘴気やカウンターといった攻撃手段が無力化されても、シルバーの風蹄爆弾が残っていたから勝てた。

それが俺の強みだと、地力が俺よりもやや上のラングと戦って実感できた。

様々なカウンター能力に特化したネメシス、三つの特典武具、シルバー。それらが揃《そろ》っているから、地力で上回られていても相性《あいしょう》の良い手札を選択《せんたく》し、勝機を見出《みいだ》すことができる。

一度の試合で手札を使い切っても、勝負後には再補充《さいほじゅう》される決闘ならば問題ない。

一回戦を勝ったことで自信も付いた。この調子で二回戦からも……。

【玲二《れいじ》、今は話せるか？】

「ん？」

ふと【テレパシーカフス】で兄からの連絡《れんらく》が入った。

【ああ。大丈夫だ。ちょうど一回戦を勝ったところだ】

【そうか。実はな……】

兄はなぜかいつになく焦《あせ》ったような、あるいは困ったような雰囲気だった。

何かを俺に伝えようとして、躊躇《ためら》っているようにも思える。

【……いや、いい。予選が終わってから話す】

【え？　ああ、うん】

【残り三試合、頑張《がんば》るクマ】

そうして兄からの通信は切れたが、結局何の用だったのだろう？

「何だったのだ？」

「……さぁ？」

ネメシスと互いに顔を見合わせながら、要領を得なかった兄からの連絡に首を傾《かし》げるのだった。


通路を進んで控室《ひかえしつ》に戻ると、また室内の注目を集めた。『やはり勝ったか』などと言われたのは分かったが、『やはり』などと言われるほど楽な勝負だったわけでもない。

仕損じれば負けていた試合だ。特に、ラングの手の内が不明だった序盤《じょばん》にもう少し畳《たた》みかけられるか、飛翔突撃が直撃していれば負けていただろう。

『うむ』

ネメシスは紋章《もんしょう》の外に出ているが、周囲に人がいるので念話で俺《おれ》に応じる。

『分かってはいたが、〈マスター〉同士の戦闘では初見殺しが恐ろしい』

ああ。〈エンブリオ〉は千差万別《せんさばんべつ》で、手の内が一切《いっさい》不明ってことの怖《こわ》さを味わったぜ。

『初見殺しを避《さ》ける手段は必要であろうな。決闘では【ブローチ】が使えぬし、【死兵《デス・ソルジャー》】のスキルも発動せん。私のスキルでも、正確に防御できない恐れがある』

やっぱり試合開始早々に、先手を打って《地獄《じごく》瘴気》は展開しておくべきだろう。

ラングにはお互いの手口が重複したことで無力化されたが、それでもこれが有効な戦術であるのは間違《まちが》いない。決まれば確実に相手の動きは鈍《にぶ》る。

相手の空中への攻撃《こうげき》手段が乏《とぼ》しければ、シルバーで空中に退避《たいひ》する手もありだ。

あとは空中から瘴気を充満させて、時に火炎、時に《シャイニング・ディスペアー》で遠距離《えんきょり》攻撃を仕掛ければいい。……って、考えといてあれだがこれは……。

『……のぅ、何と言うか、非常に、その……悪役ではないかそれ？』

……うん。

「だけど、見栄《みば》えを気にして負けても仕方がない」

『アンデッドや悪魔《あくま》を食い千切った御主が言うと説得力あるのぅ……』

「まぁ、な。……っと」

一回戦で少し疲《つか》れたのか、目がうとうとし始める。

やはり、ラングとの試合は思ったよりも精神的に疲労《ひろう》していたらしい。

『二回戦まではまだ時間がある。見ているから、少し仮眠《かみん》でもとればいい』

「ああ。お言葉に甘《あま》えるよ。……あ、チビガルが俺を齧《かじ》らないように注意してくれ」

『任された』

『キシャシャ?』

ネメシスにそう言って、俺は少し目を閉じる。

程《ほど》なく、俺の意識は夢に……状態異常ではなく、俺自身の眠《ねむ》りに落ちていった。

◇◇◇

その夢は朝に見たモノとは違う……ただの夢だった。

「椋鳥《むくどり》君。メタゲームという言葉をご存じ?」

俺の記憶にある光景。高校の部活の頃の光景だ。

高校一年の頃の俺がテーブル卓《たく》の前に座《すわ》り、対面には電遊研《でんゆうけん》の部長が座っている。

「いえ、知りませんけど……」

「主にカードゲームの用語なのだけど、意味は環境情報収集戦といったところかしら」

部長はトレーディングカードをテーブルの上に広げている。カードをレベルや種類別に並べ、同じカードを重ね、対戦に使う束……デッキを組んでいるところだった。

「カードゲームの環境は、刻一刻と変化するわ。最新エキスパンションの内容、更新《こうしん》される禁止・制限リスト。流行のデッキ。発見されているコンボ。デッキを組んで大会に赴《おもむ》く前にそれらの情報を集めていくことはとても大切。なぜだか分かる？」

「カードゲームは素人《しろうと》なので……」

「そう。安心して。教えてあげるから」

電遊研はコンピューターゲームの部活であるが、ホビー雑誌やホビー漫画の類も部室の書架《しょか》に収まっている。

それは部長……星空暦《ほしぞらこよみ》先輩《せんぱい》の趣味《しゅみ》がアナログのゲーム、特にカードゲームだからだ。

新入部員である俺もそちらの道に勧誘《かんゆう》されており、スターターデッキやプレイマットなど色々もらってしまったので、やらなきゃかなーとは思っている。

「環境情報の収集が重要なのはね、大会で数多く当たるだろう相手に勝つ確率を上げるためよ。例えば、デッキから任意のカードをサーチする効果を多く含んだデッキが流行《はや》っているなら、サーチを禁止するカードを自分のデッキに入れておけば、対戦する相手のカードの多くを紙屑《かみくず》にできる。そういう話よ」

「……専門用語が分からないところもありますけど、概《おおむ》ね分かりました」

「けれど逆にサーチを使わないデッキの相手と戦えば、サーチ禁止カードが紙屑になる。大会前のデッキ流行の読み合い。サイドからの変更《へんこう》で修正できる点もあるけれど、それも含めてデッキ構築にはとても気を遣《つか》うわ」

気を遣うと言いながらも、部長はとても楽しげにデッキを組んでいく。

「色んなカードに対処できるように、多くの対策カードをデッキに入れればいいのでは？」

「それも間違いではないのだけど、安定性がどうしても落ちるのよね。それに……」

部長は目を細めて、言葉を続ける。

「たまに、事前の対策が無意味なデッキもいるのよね」

「え？」

「さっき、発見されているコンボ、と言ったでしょう？　大会には未知のコンボを見つけて持ってくる人もいるのよ。情報社会極《きわ》まったこのご時世に、広まっていない未知にして凶悪《きょうあく》なコンボ。それらの多くは、昔の忘れられたカードと最新のカードの組み合わせで発生する。時を超えて、忘れられていたモノ、失念されていたモノが牙《きば》を剥《む》く」

「…………」

「まぁ、それ以前の問題として……」

部長はそこで一度言葉を切り、目を閉じながら続きの言葉を発する。

「乱数が絡《から》んだゲームでは、事前準備を凌駕《りょうが》する事象の偏《かたよ》りが生じる時もあるわ」

部長は目を開き、ジッと俺の両目を見た。

「椋鳥君。三年くらい後にゲームでそういう目に遭《あ》うから気をつけてね」

「何でそんなことが分かるんですか……？」

突然《とつぜん》予言めいたことを言い始めた部長に、当時の俺は緊張と共に問いかける。

それに対し、部長は……。

「私のデッキ構築占《うらな》いがそう言ってるわ」

「それ占い!?」

当時の俺は、「聞いたことないですけど!?」と突っ込《こ》んでいた。

「わりと当たるのよ。副部長を占ったときも引くくらい当たってたわ。カードだけに」

「……ドヤ顔で言われましても」

「まぁ、そういうわけだから三年後に気をつけてね」

そんな部長の言葉で……夢は途切《とぎ》れた。

◇◇◇

体を揺《ゆ》すられる感覚に、俺は目を覚ました。

「レイ、時間だ。呼ばれたぞ」

「ああ……」

隣《となり》を見れば、ネメシスが俺の肩《かた》に手を置いていた。揺り起こしてくれたのだろう。

時間を見ると、三〇分かそこらしか経《た》っていない。

予選の間は結界で進行が早いし、それに二回戦になれば試合数自体が少なくなるか。

「………………」

今しがたの夢について、少し考える。

虫の報《しら》せ、でもあるまいが。どうにも……今日は暗示的な夢を見すぎている。

「三年後……か」

高校一年の春から、三年。それはちょうど……今の時期ではないだろうか？

「レイ？」

「……いや、大丈夫だ」

思考を切り替《か》えて、俺は案内係の人に従って再び舞台へと向かった。

……ただ、切り替えたはずのその思考は、心から離《はな》れてはくれなかった。

◇

舞台についた俺は、一回戦同様に黒い結界を潜《くぐ》る。

今度は俺の方が先に入ったらしく、まだ相手の姿はない。

一回戦同様に、シルバーに騎乗《きじょう》して準備する。

二回戦に進んでもまだ緊張はしているが、勝ち筋らしきものは掴《つか》みかけている。

状態異常や空中の優位、そうしたもので相手を把握《はあく》する時間を作り、持ちうる手札から有効なものを選択すればいい。それで……勝てるはずだ。

『レイ』

「どうした、ネメシス」

『思考と裏腹に、表情が硬《かた》い。それに、思考の方も自分に言い聞かせているようだの』

言われて、たしかに顔が強張《こわば》っていると自覚する。

同時に、心臓が軋《きし》む。

「……嫌《いや》な予感がするんだ」

先刻の夢の内容、三年前の占い。

それが何かの暗示か、あるいは呪いのように……俺を締《し》めつけている感覚。

これからどうしようもないことが起こるのではないかという、予感だ。

『今の私と御主は強い。どのようなバケモノが出てこようと、抗《あらが》えないはずはない』

ネメシスは俺を励《はげ》まし、奮起させるようにそう言ってくれた。

お陰で、少しだけ心が軽くなった気がする。

「……ありがとよ」

ネメシスに感謝を告げると、程なくして相手の姿が結界の向こうの通路に見え……。

「――――え?」

――その人を視認《しにん》したときの衝撃《しょうげき》は、ラングとの再会とは比較《ひかく》にならなかった。

透《す》き通った結界越《ご》しに、相手の姿は見えている。

それゆえに、気づく。俺の感じていた嫌な予感が正しかった、と。

部長の占いが……本当に引くくらい大当たりだったということを。

驚愕《きょうがく》する俺とネメシスの前で、対戦相手は結界を潜って舞台に立つ。

現れたのは――チャイナドレスを着た北欧《ほくおう》風の美女。


「わー。お久しぶりだよー」

その人は――王国四人目の〈超級《スペリオル》〉、〝酒池肉林〟のレイレイ。

〈デス・ピリオド《うちのクラン》〉にもメンバーとして名を連ねる人だった。


「……お久しぶりです。あの、レイレイさん……事前登録は？」

なぜ、レイレイさんがここにいるのか。

混乱する頭で俺は尋《たず》ねた。

「飛び入りだよー。偶々《たまたま》お仕事空いたからログインしたら、キャンセル枠《わく》の抽選《ちゅうせん》当たってイベントに参加できたよー。〈UBM〉と戦えるかもしれないイベントなんてワクワクだよー。君と試合できるのも嬉《うれ》しいよー」

レイレイさんはニコニコとしながら俺の質問に答えてくれた。

……たしかにそういう制度はあった。

キャンセルで欠場者が出たときの、当日抽選。偶然《ぐうぜん》にも欠場者が出て、偶然にもレイレイさんの予定が空いて、偶然にもレイレイさんが空いた枠に滑《すべ》り込んだ。

ただの偶然、事象の偏り。

「…………」

失念していた。

レイレイさんは定期的なログインもなく、顔を出すのは稀《まれ》で、連絡の取りづらい相手だ。

最近も、仕事で忙《いそが》しいとは兄から聞いていた。

だからと言って、〈トーナメント〉に参加する可能性はゼロではなかった。

さっきの兄の用件は、まず間違いなくこれだ。

レイレイさんが枠を勝ち取ったという話をしようとして、やめたのだろう。

どの道、本選に上がればトーナメント表が公開されるし、先に教えて俺を無駄に緊張させることもあるまいと考えて伝えずにおいたのだと察せられる。

だが、今のこの状況《じょうきょう》。予選の二回戦から俺とレイレイさんがバッティングしている。

ランダムな抽選結果が、トーナメント表が、同じクラン同士の対決を生んだ。

事前準備を凌駕する事象の偏り。

しかしまさか、よりにもよって、俺とレイレイさんが当たることになろうとは。
『……レイ』
ネメシスの声にも、動揺《どうよう》が滲《にじ》んでいる。
クランメンバー同士の対決。見ようによっては確実にどちらかが次に進めると言える。
だが、俺個人として見たときは……〈トーナメント〉最大の壁《かべ》は間違いなくこの戦い。
「……三度目だな」
『……うむ』
俺達《おれたち》の属する王国の〈超級〉達との戦いも、これで三度。
一度目のフィガロさんは、偶発的《ぐうはってき》な接触。
二度目の女化生先輩は、誘拐《ゆうかい》と拘束《こうそく》。
そして、三度目。レイレイさんとの戦いは、決闘という形で訪《おとず》れた。
事故ではなく、犯罪でもなく、――どちらかが舞台《ぶたい》上で死ぬまでの闘争。
俺は二回戦にして最大の窮地《きゅうち》に立たされたと言える。
だが――窮地で折れる俺達ならば、きっとこれまでのどこかで膝《ひざ》をついていた。
『先ほど、私は言ったな。今の私達ならばどのようなバケモノにも抗える、と』
「ああ」

『出てきたのはバケモノを超越《ちょうえつ》した相手だが……私は言葉を翻《ひるがえ》すつもりはない』

「俺も、負けるつもりはないさ。――勝つぞ、ネメシス！」

『――うむ！』

そうして、俺達にとって幾度《いくど》目かの〈超級〉との戦いが始まる。


『決闘開始まであと二〇秒』

レイレイさん……〝酒池肉林〟のレイレイ。

デンドロを始めた日には既《すで》に出会っていたけれど、同時にあまりにも未知な人だ。戦う姿を見たのも、マリーに見せてもらった〈ゴブリンストリート〉を掃討《そうとう》する際の映像のみ。

けれど、あれも何をしているのかは分からなかった。

触《ふ》れただけで、〈ゴブリンストリート〉の〈マスター〉が溶《と》け崩れ、弾《はじ》け飛んでいた。

レイレイさんがどういう原理でそれをやっているのかは全くの不明で、兄やフィガロさんにも教えられていない。

『現状分かっているのは、接近されるのはまずいということだの』

「ああ……」

レイレイさんが晒《さら》している素手《すで》に触れただけで殺されかねない。

《看破》でステータスを見ても、一回戦同様に隠蔽《いんぺい》されている。
どれほどのAGIを持つのか、どんなジョブなのかさえも分からない。
否応《いやおう》なく緊張し、喉《のど》が唾《つば》を飲《の》み込む。
「レイ君と戦うのはじめてだよー。楽しみー」
対するレイレイさんは緊張した様子はまるでなく、ニコニコとした笑顔《えがお》を見せている。
『決闘開始まであと一〇秒』
対照的な俺達だが、時間は平等。ほどなくして、試合開始の時刻となる。
『五、四、三、二、一、――ゼロ』
そして試合は始まり、――俺はシルバーで上空へ飛ぶ。
レイレイさんに空中戦能力があるかは分からない。
だが、地上にいたままでは確実に距離《きょり》を詰《つ》められて、あの即死《そくし》の接触が来る。
事前の想定通り、空に逃《のが》れるのがベストだろう。
「レイレイさんは……！」
この状況でレイレイさんが飛翔《ひしょう》する俺達に追撃《ついげき》を仕掛《しか》けてくるかどうか。
それが最初の分水嶺《ぶんすいれい》だが、結果は……。
「おー。馬が飛んでるよー。最近流行ってる奴《やつ》だねー。♪～」

レイレイさんは俺を追ってこなかった。それどころか、動いてすらいない。

飛翔した俺達を見上げて、なぜか楽しそうに歌いはじめた。

とても耳心地《みみごこち》の良い歌声が、結界内にしみわたる。

「…………なんだ？」

レイレイさんの行動は余裕《よゆう》なのか、天然なのか。あるいはあの歌が何らかの状態異常を引き起こすスキルなのかと考え、簡易ステータスを確認《かくにん》するが……状態異常の表示はない。

どちらであろうと、すべきことはただ一つ。この結界内を瘴気で満たすことで有利な環境を作り出し、俺とレイレイさんの間にある力量差を少しでも埋《う》めなければならない。

そう考えて、俺は右手を眼下のレイレイさんへと向けて、スキルを発動。

「《地獄瘴気》！」

「噴出《ふんしゅつ》！」


――――その瞬間に右手が消滅した。


「……………………え？」

《地獄瘴気》を放とうとした右腕《みぎうで》が、右の【瘴焔手甲《しょうえんてっこう》】ごと――――溶解していた。

「――――」

ドロドロに溶け落ちる自分の腕を見た瞬間、一つの記憶がフラッシュバックする。

それはあの【魔将軍《ローガン》】との戦い。召喚《しょうかん》したガルドランダがトドメとばかりに使った《零《ぜろ》式《しき》・地獄瘴気》を受けた鎧《よろい》の悪魔は、肉も骨も溶け崩れていた。

今の俺の状態は、それに酷似《こくじ》していた。《地獄瘴気》を使ったのはこちらだというのに。

しかも、【瘴焔手甲】までも破壊《はかい》されている点が異常極まる。

「まさか……相手の攻撃を、攻撃前に増幅《ぞうふく》して返す能力？」

カウンターの発展形の能力ならば、それも可能かもしれないが……違和感《いわかん》がある。

レイレイさんは何もしていない。ただ歌いながら、こちらを見上げているだけだ。

あるいは、歌うだけで先制カウンターが成立する能力だとでも言うのか。

しかしそれはあまりにも、不条理に過ぎる。

「一体、何をされて……ゴフッ」

『レイ……!?』

言葉の途中で俺は咳《せ》き込んでいた。

口元に左手をやれば……大量の血液で手が赤く染まる。

それだけではない。恐《おそ》らくは俺が右腕の溶解に気を取られている間に、シルバーの鞍《くら》の上におびただしい血だまりができていた。

出所は、俺の腹。痛覚オフなので見るまで気づけなかったが――腹が溶け、穴が開いている。

「……なんだ……これ？」

近づいてはいない。何もされていない。何をされているのかも分からない。

だが、確実に……俺は致命傷《ちめいしょう》を負わされている。

「♪～」

レイレイさんは、歌っているだけだったが、遅《おそ》まきながら理解する。

状態異常の表示がなくとも、原理が分からなくとも、もはや間違いはない。


――この歌こそがレイレイさんの攻撃だ。


原理は分からないが、音を媒介《ばいかい》して攻撃が飛んできている。

歌を止めなければ、俺はこのまま死ぬことになる。

「――【モノクローム】!!」

俺の叫びに応じて身に纏《まと》っていた【黒纏套《こくてんとう》】は動き、失った右手の代わりに漆黒《しっこく》の砲身《ほうしん》を形成する。

近づけない状況で即座《そくざ》に勝負を決めなければならない以上、打つ手はこれしかない。

超熱量《ちょうねつりょう》を光速で叩《たた》きつけることが可能な俺の持ちうる最大火力――《シャイニング・ディスペアー》。闘技場《とうぎじょう》の中であろうと、下方に向けて撃《う》つならば結界を突《つ》き抜《ぬ》けて街に当たる心配はない。かつてフィガロさんが女化生先輩と戦ったときと同じだ。

「《シャイニング――」

そして、俺のスキル宣言と共に、漆黒の砲身の内部に熱量を伴《ともな》う光が充填《じゅうてん》され始め、

――【黒纏套】が、その熱に耐えきれずに蒸発した。

「――――」

もはや、言葉もない。攻撃を放つ側であり、そもそも《光吸収》によってレーザーでは傷つかないはずの【黒纏套】が自身のレーザーで蒸発するという大異常。

だが、理解した。何をされているのか、その原理をようやくに理解した。

攻撃を、攻撃前に増幅して跳《は》ね返しているのではない。

そうであれば、それだけであれば、【黒纏套】ならば耐えられる。

しかしこれは、この現象は…………。

「耐性の、消去……！」

ステータスに表示される状態異常ではなく、その前段階。

状態異常に対する耐性《たいせい》は、ＥＮＤなどによって変動するとされる一種のマスク《隠し》ステータス。

レイレイさんの〈エンブリオ〉はそれに干渉《かんしょう》している。生物無生物問わず、そうした耐性を……状態異常耐性どころか属性耐性までも消去している。

いや、起きている現象を考えれば、これは消去どころの話じゃない。

――耐性のマイナス化だ。

耐性そのものにデバフをかけられて、状態異常も、熱量変化も、常態より遥かに受けやすくなってしまっている。

だからこそ、瘴気を噴《ふ》く【瘴焔手甲】が自らの瘴気で溶解した。

だからこそ、光熱を吸収して放つはずの【黒纏套】が自らの生み出した光熱で蒸発した。

あたかも、自らの毒で死ぬ生物のように。

『なんという能力……！』

女化生先輩のカグヤの能力を、耐性デバフの一点にのみ突き詰めたような能力だ。

それが意味することは、ほぼ全《すべ》ての状態異常攻撃、エネルギー放出攻撃は自滅《じめつ》に繋《つな》がり、レイレイさんの前では使用不可能ということ。

左手の【瘴焔手甲】も、《煉獄火炎《れんごくかえん》》を使えば一瞬《いっしゅん》で左手ごと【炭化】するだろう。

「…………」

腹の穴に手をやると、穴が少し広がっている気がした。

それだけでなく、触れた【瘴焔手甲】が白煙《はくえん》を放って溶け始めている。

「そういう、ことかよ……」

俺の腹が破れた理由が、分かった。

これは一種の……胃潰瘍なのだろう。胃壁《いへき》どころか俺の身体《からだ》全てが胃酸にも耐えられないほどに、酸への耐性を落としている。

「要するに、生物なら何もしなくても死ぬってことか……」

歌う彼女《かのじょ》の周囲にいるだけであらゆる生物が自滅する——滅《ほろ》びの歌の使い手。

それが、〝酒池肉林〟のレイレイ。

彼女にとって他の生物などただの肉の林、溶けて酒の池になるだけのものということだ。

誰《だれ》が付けたか知らないが、分かれば寒気しかしない。

『レイ……。どう……手を打つ？』

立て続けに起きた惨状《さんじょう》に、ネメシスもまた困惑《こんわく》の中にあるようだった。

だが、やるべきことは見えた。

「……ネメシス、黒旗斧槍《ハルバード》だ」

『……！　うむ！』

左手のネメシスが粒子の旗をたなびかせる斧槍へと変じて《逆転は翻る旗の如く《リバース・アズ・フラッグ》》を発動すると、いくらか腹の穴の広がりが治まったように感じられる。

「完全に無効化とはいかないが……それでも少し軽くするくらいの働きはあったか」

《逆転》もまた、大別すれば耐性のスキル。デバフの反転とまではいかずとも、使用することで耐性のマイナス化を多少軽くするくらいはできたようだ。

……前に女化生先輩と戦ったときも、負荷《ふか》が軽くはなったからな。

「ネメシス……ここから接近戦を仕掛ける」

『……それしかなかろうな』

遠距離攻撃手段《こうげき》はほぼ潰《つぶ》れた。近接戦で、ケリをつけるしかない。

『シルバーの力で音を遮断《しゃだん》するのは？』

圧縮空気の壁を厚い積層にすれば、音が通るのを防げるかもしれないが……。

「既に罹《かか》っているデバフを消せるのかは分からないし……作っている時間もない」

腹が破れて継続《けいぞく》ダメージも発生している。

時間が経てばこっちの負けが確定するから、もう様子見もできない。

同じ理由で、風蹄爆弾《ふうていばくだん》を作る時間もない。

「それに最初は接触を警戒《けいかい》したけど、あれ自体にさほどの意味はないはずだ」

恐らくレイレイさんの手は、何らかの状態異常を纏っている。

一部の拳士《けんし》系統が持つ《毒手》という奴だ。それ自体はただの状態異常攻撃だが、耐性マイナスの身体でそれを受ければ即死級の状態異常に早変わりする。

さらに言えば……打撃時の接触音そのものが〈エンブリオ〉の効果条件を満たしているのかもしれない。〈エンブリオ〉とのシナジーもある、恐るべき必殺攻撃だ。

しかし、触れられなければ問題はない。

「懐《ふところ》に飛び込んで、勝負をかける」

仮に以前に見た映像での動きがレイレイさんの全力であれば、今の俺ならある程度は対処できる。《カウンター・アブソープション》だってストックは欠けていない。

《看破》でステータスが見えなかったのが悔《く》やまれるが、それでもやるしかない。

「攻撃力《こうげきりょく》は……足りてないけどな」

『……ああ。カウンターもまるで溜《た》まっておらぬ』

最大の問題は、レイレイさんを倒しきる手段がないことだ。

マイナス耐性によって【瘴焔手甲】と【黒纏套】は使用不可能。

そして、これまでのダメージは自滅だ。レイレイさんは耐性をマイナスにしただけでダメージは与《あた》えていないから、《復讐《ヴェンジェンス》》、《応報《ペイバック》》、《追撃者《チェイサー》》はいずれも使用不可能。

加えて、黒旗斧槍の素の攻撃力でレイレイさんを倒しきれるかは怪《あや》しい。

《グランドクロス》ならばいけるかと思ったが、発動のためには俺自身が地上で一時的に停止する必要がある。その隙《すき》を突かれる恐れはあるし、何よりレイレイさんのレベル次第《しだい》だが一撃では倒しきれない公算が強い。

手札は少なく、勝機は僅《わず》か。

それでレイレイさんを倒《たお》しきれるだけの攻撃力があるとすれば……あいつだけだ。

『賭《か》けてみるのか？』

既に圧倒的《あっとうてき》な劣勢《れっせい》、ここから逆転しようと思うなら……賭けるしかない。

「ああ。……行くぞ！」

『応！』

そしてシルバーに跨《また》った俺達は、眼下のレイレイさんへと一気に駆《か》け下りた。

重力によって加速し、同時に横方向への変化を加えながら、レイレイさんへと突撃《とつげき》する。

レイレイさんは歌いながら、けれど俺達の動きをはっきりと目で追っていた。

「オォッ!!」

レイレイさんを間合いに捉《とら》えた時点で俺は黒旗斧槍を大きく振《ふ》るった。

だが、レイレイさんはその攻撃を、上体を反らすスウェーバックで回避《かいひ》してみせる。

刃《やいば》がレイレイさんを通り過ぎた直後に上体を戻《もど》し、俺との距離を詰める。

走り去ろうとするシルバーにさえ追いつく、一瞬の踏《ふ》み込み。

それがスキルによるものか、自力によるものかは分からない。

どちらにしても、俺はレイレイさんの放つ致命《ちめい》の毒手の間合いに捉えられた。

「♪～」

そしてレイレイさんが高らかに歌い上げながら毒手を俺へと突き出し、

「――《カウンター・アブソープション》！」

――黒旗斧槍から人型へと戻ったネメシスが、光の壁を展開する。

光の壁は毒手を受け止め、一瞬だがレイレイさんの動きが止まる。

「今ッ……！」

その間隙《かんげき》に俺は左腕《ひだりうで》を頭上に掲《かか》げて、《瞬間《しゅんかん》装備》を発動させる。

そうして俺の左手に掴まれたのは——刃を布に巻かれた無銘《むめい》の斧《おの》。

この斧の一撃ならばレイレイさんを倒しうるという予感があった。

一度振《ふ》るえば腕が吹《ふ》き飛ぶとしても、ただ一度振り下ろすだけならば可能ということ。

レイレイさんは歌を止めなかったが、その目が僅かに見開かれる。

「ハァ……！」

レイレイさん目掛《めが》けて斧を振り下ろし、

——数センチ、斧を振った時点で異常を覚えた。


それは、何かが左手から俺の全身に伝わるような感触《かんしょく》。

「——————」

その感触の直後、俺の身体に変化が走る。

ルークとのスパーリングでの右腕と同じようで、それよりも遥《はる》かに大きく。


——全身が粉々に弾け飛んでいた。

自分が砕《くだ》け散る感触と共に……意識は暗転した。

◇

次に気がついたときには、舞台の結界は解けていた。
結界外の時計の秒針が半周もしないうちに、全ては終わっていた。
俺の参加した、〈トーナメント〉初日。
結果は……二回戦敗退だった。

第三話 次なる舞台

□【聖騎士《パラディン》】レイ・スターリング

「……はぁ」

二回戦が終わってから、俺《おれ》は本拠地《ほんきよち》の第八闘技場に戻っていた。

朝のように舞台に背を預けて……流れる雲を眺《なが》めている。

『キシュー？（元気……ない？）』

仰向《あおむ》けになった俺の額にチビガルが座り、ペシペシと顔を叩きながら訊《たず》ねてきた。

「……正直に言えば、元気はない」

『キシャー（……そう）』

試合の後、レイレイさんは「楽しかったよー」と変わらぬ様子で俺に声をかけてくれた。

俺への気遣《きづか》いだったのか、本当に楽しかったのかはレイレイさんにしか分からない。

ただ、このまま勝ち残って賞品の〈ＵＢＭ〉に挑戦《ちょうせん》する段になったら、俺を含《ふく》めたクランのメンバーを誘《さそ》うとも言っていた。レイレイさん本人は「ダメかもしれないけど頑張《がんば》ってみるよー」と言っていたが、きっと勝ち残れるだろう。

だから、クランにとってはそれで良かったのかもしれない。応援《おうえん》に来てくれたみんなにも、俺ではなくレイレイさんを応援してもらうようにも告げている。

ただ、クランとしての結果とは別に……俺自身について思うところもある。

「…………」

レイレイさん……〈超級《スペリオル》〉が相手とはいえ何もできずに負けた。

はっきり言って、ショックは大きい。

負けたことは何回もある。模擬《もぎ》戦も含めれば数限りない。

それでも……今回はマリーに初めて負けたときや、〈月世《げっせい》の会《かい》〉の本拠地で女化生先輩にあしらわれたときよりも、胸が重い。

それはきっと、俺が『自分は強くなった』と思っていたから。

ネメシスの進化、シルバーへの騎乗、特典武具の装備、地力の向上。

そして、潜《くぐ》り抜けてきた数々の経験。前よりも戦えるようにはなったのだと思っていたからこそ、今回手も足も出ずに負けたことが響《ひび》いている。

ネメシスも同じらしく、今は紋章《もんしょう》の中に籠《こも》ってしまっている。

それでも……。

『……キシャー？（……心折れた？）』

「………」

頭上のチビガルに続いてそう問われるまでもなく……気づいている。

今の自分を、敗戦のショックを受けた自分自身の心を顧《かえり》みて……分かっている。

これは立ち上がれない痛みではない。

「……折れてない。少し曲がっただけだ」

より強くなるための痛みなのだと、理解している。

完敗のショックは大きくても、まだ折れちゃいない。

完敗はしたが、得るものがなかった訳でもない。『これでやっていける』と、自分の強さや手札に満足するには……俺が未熟に過ぎただけのこと。

完敗したからこそ、改めて強くなる余地が明白に見えてくる。

それに気づけば、起き上がる気力もすぐに湧《わ》いてくる。

「……曲がったのなら、叩き直《なお》さねばなるまい」

その言葉と共に、紋章の中からネメシスが現れた。

……どうやら、考えは同じらしい。

「ああ。決勝が終わる夜まではまだ時間がある。それまでに、少しでも鍛《きた》えておこう」

「うむ！」

恐らく、初日の〈トーナメント〉はレイレイさんが優勝する。

珠《たま》の〈UBM〉との戦闘《せんとう》は戦う権利を持っている者がその都度に希望日を選べる。

だが、レイレイさんはスケジュールが空いていないので、決勝が終わればすぐに戦うことになるだろう。レイレイさんを差し置いてMVPになれるとは思っていない。

けれど、〈UBM〉という強敵を相手に経験を積むことはできるはずだ。

「〈UBM〉との戦いに備えてレベル上げだな。……こいつについて確認したいこともあるけど、それは時間がかかりそうだからまた今度か」

俺はアイテムボックスから一本の武器……無銘の斧を取り出した。

それを見て、ネメシスがギョッとのけ反った。

「んな⁉　レイ！　こやつをまだ使うつもりなのか⁉　木っ端《こっぱ》微塵《みじん》だったたではないか！」

ネメシスは、なぜかとても憤慨《ふんがい》していた。

「最後の一手、よりにもよってあのタイミングで御主《おぬし》の全身を吹っ飛ばしたのだぞ！」

どうやら、レイレイさんとの決着の仕方がよほどネメシスにとって……武器でもある彼女にとってお気《き》に召《め》さなかったらしい。

「だがな、ネメシス。あれはこいつが悪い訳じゃないんだぞ?」

たしかにネメシスの言う通り、レイレイさんとの試合の最後は俺の自爆《じばく》であり、原因はコイツを使ったことだ。

しかしあのとき、自爆したお陰《かげ》で掴めたこともある。

模擬戦では片腕《かたうで》が吹き飛び、〈トーナメント〉では全身が消し飛んだ。

その違《ちが》いがどこにあるかが……レイレイさんと戦ったお陰で少し見えた。

腕や全身を消し飛ばした反動は、単純な物理ダメージじゃない。

だからこそ、レイレイさんの耐性ダウンスキルの影響《えいきょう》を受けて、効果が拡大していた。

一瞬で俺の全身を駆け抜けた力が何だったのかは分からないけど、これは一つの端緒《たんしょ》だ。

こいつの効果に合った耐性装備、【黒纏套《こくてんとう》】の《光吸収》のように特定の効果への耐性を付与《ふよ》する装備があれば……こいつを振るうことができるようになるかもしれない。

「こいつは理不尽《りふじん》な代物《しろもの》じゃない。ちゃんと、こいつなりのルールがあって起きた結果があれだっただけだ」

「むぅ……」

こいつの反動が何によるものかの検証は、本拠地の結界内で行える。

希少な各種耐性装備を揃《そろ》えるのは難儀《なんぎ》するだろうし、検証にも時間がかかるだろうが、その切っ掛《か》けは掴めた。

「……しかし、だぞ。それがレイレイのスキル関係なく、こやつが機嫌《きげん》悪くして反動増やしただけだったらどうするのだ？」

……その線もある……のか？　いや、ない……よな？

今朝方に話しかけまくったけど、それで機嫌悪くしてるとかない……はずだ。

「大丈夫《だいじょうぶ》、だよな？」

尋ねてみるが……当然の如《ごと》く斧からの答えはなかった。

「……まぁ、こやつのことはよい。それよりレベル上げはどこでするのだ？　最近のギデオン近郊《きんこう》は人が多いので狩《か》りに向かぬぞ」

「ああ、その問題があったか」

〈トーナメント〉の影響で多くの〈マスター〉がギデオンに集まっている。

明日以降の〈トーナメント〉に出場する者も多く、レベル上げや調整のためにギデオン周辺のモンスターが手当《てあ》たり次第に狩られているという話を聞くほどだ。

人の多い狩場《かりば》に行くのも変に注目されそうで気が引けるので避《さ》けたい。

「それに人がいる場所だと《地獄瘴気《じごく》》が使えないからな」

『キシャ（便利だから……ね）』

「……瘴気使用が前提になりすぎているのもどうかと思うがのぅ」

さて、そんな訳でレベル上げをするならば人が少ないところで、なおかつ俺の適正レベルの狩場でなければいけない。なおかつ、夜までには戻って来られるくらいの距離だ。

そんな都合の良い場所があるかといえば、ある。

「あるのか？」

「兄貴から聞いた場所だよ。シルバーを全速で飛ばして南に一時間くらいのところに、俺がソロでやるのに丁度いい狩場があるらしい。王国の領土の中でも最南端《さいなんたん》で、昔はレジェンダリアとの緩衝《かんしょう》地帯だったんだってさ」

何でも強力な〈ＵＢＭ〉に支配されていた地域で、兄貴が誰かと一緒《いっしょ》にそいつを倒してからは王国に取り込《こ》まれたそうだ。

「道がほとんど通ってない山奥《やまおく》だけど、シルバーで飛んでいくなら関係ない。それに天竜《てんりゅう》の生息地である〈境界山脈《きょうかいさんみゃく》〉とは真逆だから、飛んでても天竜にはほとんど遭遇《そうぐう》しないし。地上で何かあってもいざとなれば飛んで逃《に》げられる。丁度いいだろ？」

「なるほど。たしかに丁度いいのぅ」

「ルークも前はそこでレベル上げしてたんだってさ」

「……同時期に始めたというのに、あやつとのレベル差も大分開いたのぅ」

元々ルークのレベルアップのペースは速かったのだが、俺が大学の授業で平日のログインが激減している間にさらに加速していたようだ。

「本人だけでなくお供の三匹《さんびき》も強くなったしな」

そろそろ純竜《じゅんりゅう》クラスになるんじゃないかって雰囲気《ふんいき》らしい。

今のルークなら相手次第だが〈トーナメント〉を勝ち抜けそうだ。

試合だと《ユニオン・ジャック》の発動までの待機時間がネックか。試合前の騎乗《きじょう》やキャパシティ内モンスターの展開はセーフでも、スキルの使用準備は駄目《だめ》らしいし。

『キシャー？（今は人の心配よりも自分の鍛え直し……だよ？）』

「そうだな。んじゃ、行くか」

「うむ」

そうして俺はシルバーを呼び出して跨り、ネメシスはいつかのように後ろに、チビガルも頭の上に乗った。……ネメシスはともかくチビガルは落ちないか心配になるな。

ともあれ、そうして俺達は気を取り直し、レベル上げのために南へと向かう。

かつて【螺神盤《らしんばん》】という〈UBM〉の縄張り《なわばり》だったという、元国境地帯へと。

◆◆◆

■〝監獄《かんごく》〟

法に背《そむ》く罪を犯《おか》した〈マスター〉が送られる〝監獄〟は今、死の空間と化していた。

三日前から〈超級《スペリオル》〉……【疫病王《キング・オブ・プレイグ》】キャンディのレシェフが放出した致死性《ちしせい》のウィルスが散布され、収監《しゅうかん》された囚人《しゅうじん》のほぼ全てが死亡している。

ログインすれば致死性のウィルスに感染《かんせん》し、内部時間の三日間のデスペナルティを受ける理不尽な領域。少数の生き残りも、ウィルスの対象外に設定された〈超級〉……ガーベラによって鏖殺《おうさつ》されている。

二日三日と続いた虐殺《ぎゃくさつ》によって、今はもう〈超級〉達《たち》以外は誰もおらず、デスペナルティによってログインすることさえできない。

それらは全て、今日この日のため。

ゼクスが計画した〈ＩＦ〉メンバーの脱獄《だつごく》計画。

その前準備として、他の〈マスター〉という不確定要素を省くために行ったことだ。

そして、あと一時間もすれば……〝脱獄〟は実行されるだろう。

「ふー。ここで美味《おい》しいコーヒー飲むのも今日が最後なのネ」

「そうねー……。でもオーナーのコーヒーは今後も飲めるからいいわー……。あ、オーナー。このイルカのグラスもちゃんと持って行ってね」

ゼクス達の拠点《きょてん》であった喫茶《きっさ》店《てん》〈ダイス〉のカウンター席で、キャンディとガーベラが〝監獄〟最後のコーヒーを味わいながら、思い思いの感想を述べる。

店内は片付けられ、引っ越《こ》し直前のような寂《さび》しい景色だ。従業員兼《けん》ゼクスの所有物であるアプリル……【金剛石之抹殺者《ダイヤモンド・スレイヤー》】もまた、既にアイテムボックスに仕舞《しま》われている。

「……四月の頭にここに落ちて、随分《ずいぶん》長くいた気もするけれど……まだ四月終わってないのよねー……。なんだか時間感覚狂《くる》うわー……」

三倍時間のためか、ガーベラの感覚的にはずっと〝監獄〟にいたような気がしていた。

それは隣《となり》のキャンディも同様だった。

「懐《なつ》かしいのネ。お外で経験値稼ぎしてたら降ってわいた不審者《ふしんしゃ》グラサンにコロコロされて、じゃあ〝監獄〟でレベル上げしようとしたらゼッちゃんに邪魔《じゃま》されて、足デカ毒女……もといハッちゃんに踏みつぶされたのネ」

独身女性をもじった古いスラングを口にしながら、キャンディはしみじみと思い出を振り返っている。

ただ、そんなキャンディに対し、ゼクスが「そういえば」とある情報を教える。

「ハンニャさん。出所したらフィガロにプロポーズされたらしいですよ」

「ハァ⁉　……マジなのネ？」

一瞬、あまりの衝撃《しょうげき》にキャンディのキャラがブレた。

彼《かれ》にとってはそれほどの衝撃である。

「はい。確かな伝手《つて》からの情報です」

「はー、びっくりなのネ……。お茶飲み友達だけど、あれは絶対ハッちゃんの一方通行勘《かん》違《ちが》いだと思ってたのネ……」

「まぁ、当人達以外はみなさんそう思っていたと思いますよ？」

「人間関係って本当によく分からないのネ。GODにも分からないゾ♪」

なぜかウィンクとポーズをキメながらキャンディはそう言った。

ゼクスは特にそれに反応することもなく、いつも通り微笑《ほほえ》んでいる。

「ハッちゃんも幸せそうで何よりなのネ。踏み潰された件は水に流して忘れてあげたから素直《すなお》に祝福するゾ♪」

言及《げんきゅう》する時点で水に流していないし忘れてもいないが、ひとまずはキャンディもお祝い気分ではあるらしい。

「んーしかし、ハッちゃんが一足先に出て、これからキャンディちゃんと愉快《ゆかい》な仲間達《たち》も出て行くけれど。……ここだけの話、その後の〝監獄〟ってどうなると思うのネ？」

「恐らく、中長期に渡《わた》って小勢力に分かれての小競《こぜ》り合いになりますね。それこそ、無法者の街になるのではないでしょうか？」

ゼクス達、〈超級〉の存在は重石《おもし》であった。〝監獄〟に押《お》し込められ、デンドロの楽しみ方が限定された囚人《しゅうじん》達であるが、絶対に敵《かな》わない相手に目をつけられるのが怖《こわ》くて抑《おさ》えていた節はある（中には純粋《じゅんすい》にゼクス達の舎弟《しゃてい》気分だった常連客もいるだろうが）。

それがいなくなれば、恐らくは闘争《とうそう》という形で遊び始めるだろう。

「……あの引きこもりは？」

「フウタくんですか？　彼はまだ動かないでしょう」

「結局、あいつは何が楽しくてデンドロにログインしてるのネ？　ずっと隅《すみ》っこの穴倉に閉じこもってるだけなのネ。なんでかウィルスも届かないから困っちゃうゾ」

「今の彼は、『何もしない』をしているのです」

ゼクスやキャンディが〝監獄〟に来た時点で、フウタはずっとそこにいた。

一つのダンジョンに居《い》座《すわ》り、かといってレベルを上げている訳でもない。

なにせ、彼はジョブに就《つ》いていない。

さらに言えばアイテムも集めていないし、他者と交流することもない。

ゲームを楽しむという行為《こうい》の一切《いっさい》を拒《こば》み、彼はずっとそこにいた。

「何もしないならリアルの方がマシだと思うのネ」

「彼は準備が整うのを待っているんですよ」

「準備？」

「時間は彼の味方ですから。少しずつ〝監獄〟を構成するリソースを侵食《しんしょく》して、溜め込んで、最終的に独力で〝監獄〟を食い破るでしょうね」

それを聞いて、キャンディは眉《まゆ》を顰《ひそ》める。

まるで悪質な病のようだが、しかしそれこそはキャンディの専売特許のはずだからだ。

「……それで？　引きこもっている奴が、外に出て何をする気なのネ？」

「この私も彼と長く話したことはありませんからね。ただ、以前呟《つぶや》いた言葉は覚えていますす」

ゼクスはかつて、フウタを何度か〈ＩＦ〉に誘い、断られ、それ以外にも交流を持とうとしても拒絶《きょぜつ》された。

しかしそんな関《かか》わりであっても、彼と最も接した〈マスター〉はゼクスである。

だからこそ、ゼクスは彼の呟きを聞いていた。

「お父さんのために、だそうです」

「……お父さん？」

その言葉は、キャンディにはよく分からなかった。

「引きこもりと脱獄がパピーのためっていよいよ訳が分からないのネ。ハッちゃんの人間関係より分からないゾ♪」

「そうですね。きっと、余人に理解できない思いがそこにあるのだと思います」

過去に自分だけの動機で動いたことがある男は、そう呟いて……一息つくように自身の淹《い》れたコーヒーを啜《すす》った。

「さて、そのような事情もあり、フウタくんは今後の〝監獄〟の情勢には関わらないでしょう。今後の〝監獄〟は、以前ここにいらっしゃった餓鬼道《がきどう》さんのような準〈超級〉の方々、あるいは狡知《こうち》に長《た》けた方が陣取《じんと》り合戦で遊ぶ場所になるでしょうね」

「それもちょっと楽しそうなのネ」

キャンディはそう言うが、そうした争いができるのは〝監獄〟自体を滅ぼせるキャンディがいないからこそである。

彼がその気になれば、今のように〝監獄〟は死の街と化してしまうのだから。

「そういえば、出てった後にこのお店はどうするのネ？」

「お店の方は〝監獄〟のどなたかにお譲《ゆず》りすることにします。私達がここから去った後、最初にこの店を訪《おとず》れた人に所有権が移るように設定しました」

「そいつは運が良いのネ。……？」

そこで、キャンディは首をかしげる。

普段《ふだん》なら『……ここって事故物件みたいなものだから、運が良いって言うのかしらねー……。曲がりなりにもオーナーの後釜《あとがま》ってことで権利狙われそうだしー……』とマイナス思考の意見をガーベラが述べるタイミングだ。

だが、そのガーベラの姿がないことに……ようやく気づいたのである。

（ガッちゃんっていつからいなかったのネ？）

最初は自分達と最後の一杯《いっぱい》を味わっていたはずだが、今は彼女のお気に入りだったイルカのグラスだけがそこに残っていた。

驚《おどろ》くほど自然に消失しており、スキルの緩急《かんきゅう》は以前の比ではない。

自己評価は著《いちじる》しく低くなってしまったガーベラだが、その実力は反比例している。

ここに来る前とは比較《ひかく》にならない。

自己評価が低く、慎重《しんちょう》で少し臆病《おくびょう》になったからこそ……彼女のスタイルは完成した。

そういう意味では彼女を〝監獄〟に落としたシュウと、明らかな格下でありながら彼女の鼻っ柱を圧《へ》し折ったルークにゼクスは感謝している。

（ガーベラさんも準備を進めてくれているようですね）

お陰で、まず確実に今回の脱獄は成功するのだから。

「さて、それではコーヒーも飲み終わったことですし……そろそろ始めましょうか」

三人分のグラスを洗浄《せんじょう》し、仕舞いながら、ゼクスはキャンディに……そしてどこかでここを注視しているだろう〝監獄〟の管理者に始まりを告げる。

既《すで》に確定事項《じこう》のように述べ続けた、一つの行動。

「今から脱獄します」

――〈無限《インフィニット》エンブリオ〉によって封《ふう》じ込められた鳥籠《とりかご》からの脱出《だっしゅつ》である。

◆

「……始まるようですね」

無数のウィンドウが浮《う》いた管理AI用の作業スペースの中心で、〝監獄《かんごく》〟の管理者――管理AI六号レドキングが眼鏡を指で押し上げながらそう呟いた。

ウィンドウの一つには、〝監獄〟の外縁《がいえん》付近に立つゼクスの姿が見えている。

レドキングにも、いつかはこの日が来ると分かっていた。

彼に脱獄《だつごく》について問われ、許可も下している。挑戦は自由である。

加えて、脱獄後に再度監獄に送るような真似《まね》はしないとも説明した。

ここへの収監は、デスペナルティからの復帰セーブポイントがない場合の処置。

しかしデスペナルティ復帰より後のログイン処理は通常どおり。脱獄してからログアウトすれば、またログアウト地点にログインできるだろう。

この〝監獄〟の外に一歩足をつければ、それで脱獄は成立する。

脱獄犯に追っ手を出すような真似もしない。外部で再度デスペナルティになった場合は〝監獄〟に戻ることになるが、再度死亡するまでの一時的な自由は保障される。

「誰も果たしたことがない私の試練。ゼクスは如何《いか》に挑《いど》むつもりなのでしょうか？」

もっとも、レドキングもむざむざ逃がす気はない。

内から外への脱出はレドキングの空間操作能力の一つ、《空間固定》がそれを阻《はば》む。

かの先々期文明の決戦兵器、【アクラ】に模倣《もほう》された能力であり、固定化された空間の壁《かべ》は単純な物理的な破壊《はかい》では最強格の【獣王《べヘモット》】であろうと突破《とっぱ》できない。

そして、レドキングの《空間固定》はコピーのそれとは格が違う。

そして外部からの干渉《かんしょう》も不可能だ。〝監獄〟自体は〈Infinite Dendrogram〉内の特定座標に重なって存在しているが、触れられない。

外部からは観測もできない。仮に〝監獄〟が存在する場所を外部の人間が通り過ぎたとしても、内部と違って壁にぶつかることすらなくすり抜《ぬ》けていくだろう。

隔離《かくり》された〝監獄〟から、脱出する術《すべ》はほとんどない。

例外は《破界の鉄槌《てっつい》》を用いた【破壊王《キング・オブ・デストロイ》】と【元始聖剣《せいけん》　アルター】、そしてレドキング同様に空間操作能力を持つ〈エンブリオ〉だけだ。

ただし、『その力があれば脱出できる』という話でもないが……。

「万能《ばんのう》の手札を持つゼクス。私にも読み切れてはいませんが……難しいでしょうね」

脱獄を宣言されていても、レドキングにはその手段が分からない。〝監獄〟を管理する彼といえど、多様な変形ストックを含むゼクスの千変万化《せんぺんばんか》の手札を把握《はあく》してはいない。

しかしたとえゼクスに未知の手札があったとしても、脱獄は困難だ。

「ましてや、三人揃ってでは……」

三人揃って脱出するためには、大規模にこの〝監獄〟の隔離を崩《くず》さなければならない。

かつてのゼクスであれば、不可能ではなかった。

必殺スキルで【破壊王】シュウ・スターリングに変形し、《スプリット・スピリット》で六体に分裂《ぶんれつ》した上で《破界の鉄槌》を使えば強引《ごういん》に……空間の壁に修復が間に合わないほどの大穴を開けて突破できたかもしれない。

だが、今はできない。この〝監獄〟に落ちた戦いでコストに捧《ささ》げたレベルはまだ回復しきっておらず、その間に【破壊王】はレベルを上げ、既にゼクスの変形の対象から外れている。

では、他の二人はどうか。

キャンディは〈イレギュラー〉である【災菌兵器】を撃破《げきは》して得た特典も含めれば、あるいはレドキングの檻《おり》を破れるかもしれない。

しかしそれもレドキングがキャンディのウィルスが蔓延《まんえん》したエリアにいればの話だ。

レドキング自身がウィルスに罹患《りかん》しなければ、キャンディのウィルスは効果を発揮しない。あくまで生物や物質に干渉する能力であり、空間に対しては効果を及《およ》ぼさないからだ。

ゆえに、キャンディは脅威《きょうい》にはならない。彼の役割は〝監獄〟内の無関係な〈マスター〉を抹殺《まっさつ》して横槍《よこやり》を防いだ時点で終わっている。

そして最後の一人、ガーベラに関してはどうもこうもない。

姿が見えず、感知できないとしても、〝監獄〟という檻の中にいる。

空間固定に隙間《すきま》はなく、抜け出すなど不可能だ。

であれば、何もできない。彼女《かのじょ》にはレドキングの空間操作を破る手段は一切ないのだ。

レドキングは『やはり重要なのはゼクス』と改めて判断し、ウィルスの影響が及ばない作業スペースに身を置きながらゼクス達の脱獄に備える。

この〝監獄〟を支配する〈無限エンブリオ〉は、『彼らがどのように自分の裏をかくつもりなのか』と不謹慎《ふきんしん》にも少しだけ楽しみにしていた。

◆

〝監獄〟の外縁……内外を隔《へだ》てる空間固定の壁のそばに、ゼクスは立っている。

彼の立つ場所には幾《いく》つもの攻撃《こうげき》の痕跡《こんせき》があった。

地面は所々で融解《ゆうかい》し、巨大《きょだい》な金属の欠片《かけら》が散らばっているところもある。

それは、これまでこの壁に挑戦した者達の痕跡。脱獄をかけて破壊不可能の壁に挑み、そして敗れ去って諦《あきら》めた者達の残滓《ざんし》である。

ここに壁があることは、〝監獄〟の誰《だれ》もが知っていた。

しかし今まで、誰一人として越《こ》えられていない。

唯一《ゆいいつ》、穴を穿《うが》つことができたのは〈超級〉に進化したハンニャのみ。

そのハンニャをしても、刑期《けいき》が明けるまで頻繁《ひんぱん》に挑戦して……脱獄は成功しなかった。

「難攻不落、と言うべきですね。キャッスルではないのでしょうが」

ゼクスは、管理ＡＩもまた〈エンブリオ〉であると知っている者の一人だ。

そのゼクスが推測するに、〈エンブリオ〉としてのレドキングは元々アポストル混じりのワールド。空間把握に特化したエンジェルの枕詞《まくらことば》もついて、アポストルｗｉｔｈエンジェルワールドあたりと読んでいる。

つまりは、空間支配・空間把握・空間展開の三重特性。

そう、〝監獄〟とは空間能力の頂点に立つ〈エンブリオ〉が管理し、掌握《しょうあく》した空間。

レドキングこそが、絶対支配者。

そしてこの外縁は、そんな絶対支配者が垂らした蜘蛛《くも》の糸。

外界と通じる唯一の出口。脱獄を目論《もくろ》んでここに近づく者は多い。

そして、脱獄を企図《きと》する全《すべ》ての行為に対し、刑務所《けいむしょ》のような罰則《ばっそく》はない。

むしろ、管理ＡＩとしては脱獄への挑戦は推奨《すいしょう》している。

強い目的で〝監獄〟を出ようとする意志がトリガーとなり、〈超級エンブリオ〉への進化を促《うなが》す可能性もあったからだ。

実際に、ハンニャのサンダルフォンはそれで進化を果たしている。

チェシャが扮《ふん》したトム・キャットが決闘《けっとう》王者への壁となっていたように、レドキングが生み出した〝監獄〟の壁もまた管理ＡＩの課した試練の一つ。

ゆえに、この脱獄を果たすにはレドキングという『壁』を上回る力を得る必要がある。

……そうでなければ、レドキングの予想もつかぬ手を打って出し抜くしかない。

「さて……レベル差を考えると確実なのは一回。二回目は厳しいかもしれませんね」

ゼクスは変身する相手と、これから行うことを頭に浮かべ、実質これが最初で最後のチャレンジになるだろうと覚悟《かくご》を決める。

「それでも、分の悪い賭けではありませんが」

そうしてゼクスは空間の壁に向かい合い、自らの切り札を切る。

「《我は万姿に値する《ヌン》》――」

五〇〇レベルという莫大《ばくだい》なコストゆえに、使える回数が限られる必殺スキル。

レベルが五〇〇以上優越《ゆうえつ》する相手への無条件変身能力。

その対象としてゼクスが選んだのは……、

「――黒血双脚《シュバルツ・フース》」

――黒き鉄塔《てっとう》の如き巨大な両脚《りょうきゃく》。即《すなわ》ち、ハンニャのサンダルフォンへの変形だった。

◆

「……たしかに空間破壊能力は必須《ひっす》だ。しかし、ゼクス」

《空間固定》を施《ほどこ》された外縁を越えるため、変形対象に空間穿孔《せんこう》能力を持つサンダルフォンを選んだことは必然ではあるものの……悪手だ。

「サンダルフォンでは突破できないことは、自身の目でも見ているでしょうに」

サンダルフォンはレドキング同様に空間配置に干渉する能力。

そして、〈超級エンブリオ〉への進化時に獲得《かくとく》した《フォール・ダウン・スクリーマー》は、空間支配能力を脚《あし》の先端部《せんたんぶ》というピンポイントに絞《しぼ》り、空間を穿孔する力だ。

レドキングの壁を破るために手に入れた力。しかも、その進化時にはメイデンとアポストルにのみ残る緊急《きんきゅう》機構……■■■での進化が用いられている。

ゆえに〝監獄〟の檻を、空間の壁を破る力は確かに持っている。

しかし、それは脱獄できる力とイコールではない。

「サンダルフォンは、あまりにも巨大すぎる」

サンダルフォンは大きく、何より長大だ。空間の穴に対して本体が巨大すぎる。

そしてサンダルフォンはギアであり、搭乗《とうじょう》した状態でなければスキル使用ができない。

しかし、サンダルフォンを降りて脱出しようとしても、空間の穿孔を止めればレドキングが即座《そくざ》に修復してきた。穿孔と通過のタイムラグゆえに、ハンニャは脱獄できなかった。

「もっともゼクスはハンニャとは条件が違い、分体も作れる」

ゼクスのヌンはスライムのＴＹＰＥ：ボディ。

分裂が可能であるし、分体を操作することも可能だ。ハンニャと違い、穿孔しながら分体を動かして脱出を目論むことはできるだろう。

「けれど、分体という言葉が示すように本体はある」

それはレドキングも知っている性質。ヌンは、『最も体積の大きいパーツ』が本体となる。

本体が消滅《しょうめつ》すれば、その都度二番目に大きい分体が次の本体となる。

そして、本体と分体の連携《れんけい》できる距離《きょり》は無制限ではなく、限界距離を越えれば消滅する。

だからこそ、この脱獄においては意味がない。

「ゼクスはコア型のＴＹＰＥ：ボディじゃない。体積で本体が遷移《せんい》する。それは強みではあるが……今、そしてサンダルフォンという選択《せんたく》においては悪手だ」

分体だけ脱獄させることは可能でも、レドキングが空間の穴を修復した時点で空間が断絶し、〝監獄〟にいる本体と外にいる分体の連携が途切《とぎ》れる。

ゆえに、分体だけが〝監獄〟の外に出ても意味がない。本体と分体の区別が体積である以上、巨大なサンダルフォンを使った時点でヌンの本体が外に出ることは敵《かな》わない。

〝監獄〟の外に露出《ろしゅつ》した部分が本体になるほど体積を移そうとすれば、そもそもサンダルフォンへの変形やスキルの発動が維持《いじ》できない。

そもそも分体を使う手口ではゼクスしか脱出できないだろう。

「ここからどうするつもりで、……?」

レドキングがそう呟いたとき、〝監獄〟内を映した映像の中でサンダルフォンに変形したゼクスに動きがあった。


――三体に分裂したのである。


それを為《な》したのは、シュウとの死闘《しとう》でも用いた《スプリット・スピリット》。

その結果、〝監獄〟には三体もの黒いサンダルフォンが屹立《きつりつ》している。

それぞれが全長一キロメテルに達するため、気が弱い人間が見上げれば気絶しかねない圧迫《あっぱく》感があった。……傍《かたわ》らでは、キャンディがそれを楽しげに見上げていたが。

『『『――《フォール・ダウン・スクリーマー》』』』

そして三体のサンダルフォンは数十秒の間を置いて、《フォール・ダウン・スクリーマー》を発動させる。

それぞれが回転する脚部《きやくぶ》の先端《せんたん》を、地面スレスレの空間に突《つ》き立てていく。

何もないように見える空間で、微《かす》かな激突《げきとつ》音と何かを抉《えぐ》るような音が響いた。


直後、三体のサンダルフォンが突き立てた三つの先端——その中心の空間が揺《ゆ》らぐ。


揺らいだ空間はすぐに破られ、隙間を生じさせる。

そしてこの隙間からは、どこかの山林が……〝監獄〟と接する地域の風景が見えている。

明らかに外界へと繋《つな》がるその隙間は、空間に穿たれたトンネルだった。

『なるほど。ハンニャのときは彼女一人でしたね』

レドキングは『これはゼクスにしかできない』と思いながら、呟く。

サンダルフォンが三体いれば、トンネルを作るくらいはできるだろう。

そうすれば、キャンディやガーベラも含《ふく》めて脱出できるだろう。

否《いな》、ゼクスも脱出可能だ。

見れば、三体のサンダルフォン以外に……キャンディの隣にもゼ、ク、ス、が、い、た。

三体分身ではなく、四体分身。その意味を、レドキングは理解していた。

『脱出手段は確保した、ということですか』

《スプリット・スピリット》による分身はスライムとしての性質の分裂ではない。〈エンブリオ〉の最終スキルに依《よ》るもの。必殺スキルによる変形後の力そのままに最大六体まで数を増やせる脅威のスキルであるが、分身数に応じて最大HPが除算され、スキルの効果が終了《しゅうりょう》したときに分身は消失してHPも戻《もど》らないハイリスクなスキルでもある。

だが、そのハイリスクこそが突破の鍵《かぎ》になる。

今、三体のサンダルフォン以外にあえて基本となるゼクスそのままの個体も出ている。

あれはスキルによる分身ではないゼクス。スキルで生じたがゆえにスキル終了後に消える三体と違い、消えないゼクスだ。

あのゼクスがトンネルを通って脱出した後、スキルを解除すれば……〝監獄〟の中にゼクスは残らない。

『なるほど。悪くないスキルの組み方です。コスト管理もできていますね』

分身が最大数の六体ではなく四体止まりなのは、脱獄後のHPを多く残すため。

脱獄しても、国のセーブポイントの使えない状態でデスペナルティを受ければ再び〝監獄〟に逆戻《ぎゃくもど》りすることになるため、そのリスクを下げたのだろう。

サンダルフォン三体という配分も、人が通れるトンネル用の穴を開けるには丁度いい数だ。

恐《おそ》らくはハンニャが挑戦《ちょうせん》している間に観察を続け、計算していたのだろう。

『ゼクス。持ちうる手札で私の予想を少しばかり超える手でしたよ』

サンダルフォン一体では届かなかった脱獄方法。

それに対してレドキングは小さな称賛《しょうさん》を送り、

『――私の能力は超えませんが』


どの時点からそうだったのか。彼の姿は人に酷似《こくじ》したものから変貌《へんぼう》していた。

人型なれど、その体は純白のワイヤーフレーム。

内部に広がる暗黒空間にはまるで宇宙を表すように無数の球体が浮かんでいる。

それこそが〈無限エンブリオ〉――TYPE：インフィニット・アポストルとしての姿。

銘《めい》を――【無限空間　マクロコスモス】。

そして彼の見る〝監獄〟の光景の中、二人が隙間に飛び込もうとして、

「――！」

……あっさりと弾かれた。

見れば大きな隙間は向こう側こそ見えているが、物理的には徹《とお》れない状態になっている。

光こそ投下しているが、トンネルには蓋がされていた。

空間を穿孔する三体の〈超級エンブリオ〉の力を結集したトンネル、次元の穴は……しかし一体の〈エンブリオ〉によって閉ざされていた。

それが、〈超級〉と〈無限〉の差とでも言わんばかりに。

『穿孔中は塞《ふさ》げないとでも？』

レドキングは、三体のサンダルフォンが空間を穿った瞬間《しゅんかん》に動いていた。

『ゼクスとキャンディ……それにガーベラも通しませんよ』

レドキングでも〝監獄〟内部にその姿を確認《かくにん》できないガーベラ。もしかすると、レドキングに穴を塞がれることを予想し、穿孔の穴が小さい内から彼女を先行させ、対応が間に合わない内に無理やりでも脱獄させる、という手も使っていたかもしれない。

しかし、無意味だ。

空間のトンネルなど一ミリでも開いた時点で塞いでいる。

見えなかろうが、通れなければ意味はない。

『彼《サンダルフォン》の空間穿孔と私の空間固定。矛《ほこ》と盾《たて》の争いで〈無限《私》〉が敗れる道理がありません』

その後も三体のサンダルフォンは悪戦苦闘《あくせんくとう》していたが、結果は芳《かんば》しくなかった。

スキル終了まで粘《ねば》っても、トンネルを作ることは敵わず……三体が消失した後はゼクス達も諦めたようにログアウトしたのだった。

◆

ゼクス達の脱獄への挑戦は、あっさりと失敗した。

その様子を、元の青年男性の姿に戻ったレドキングは見届けた。

「ゼクスがレベルを上げ直すまでに、また数ヵ月は必要でしょう」

レドキングは脱獄の失敗を少しばかり残念に思っている自分に気づく。

無論、〝監獄〟を管理している彼からすれば、ゼクスの脱獄にメリットなどない。

ハンニャとサンダルフォンのように、上級の〈マスター〉が脱獄のために奮起して進化するならともかく、既に〈超級〉に至った者に脱獄される意味はないからだ。

それでも、自身の予想を超えたものが見られるかもしれないという期待はあったが、結果は望んでいた域に達しなかったと言えるだろう。

そんなことを考えていた彼だが、不意に同僚からの連絡《れんらく》が入った。

「ん？　連絡……アリスから？」

自身の同僚《どうりょう》であり、アバターを管理する管理ＡＩ一号からの連絡。

役割の性質上、普段から連絡を取り合うことが多い両者だが、このタイミングでの連絡をレドキングは奇妙《きみょう》に思った。

「私です。どうしましたか、アリス」

『レドキングって、結構うっかりさんよねー』

通信の第一声でそう言われたレドキングは首を傾《かし》げた。

「何を言っているのです？」

『独りで何でもできちゃうし、それでいて私達の中でも常識人だから……。組み合わせとか、突飛《とっぴ》な発想とか、ちょっと不足しちゃうのね。それに〈無限〉になるまでリソースで苦労していたせいか、ちょっと温存しがちなところもあるし……』

「だから、何を言って……」

要領を得ないアリスの言葉にレドキングが僅《わず》かに苛立《いらだ》った直後……。

『あの子達の脱獄、成功してるわよ、い、い、いー』

「…………………は？」

告げられた言葉に、レドキングは生涯《しょうがい》で五指に入るほどの驚愕《きょうがく》を覚えた。

「バカな。私は油断も見落としもしていない。ゼクスの穿孔した空間の穴は、即座に塞ぎました。……脱出する隙《すき》も時間もなかったはずです」

『穴は全部塞いだ?』

「当たり前で……」

『――本当に全部?』

「…………? …………!?」

レドキングは暫《しば》し、何を言われたのか分からず……しかし気づいた瞬間に戦慄《せんりつ》した。

「まさか、そんなことを」、と。

『やらせる方もする方も、ネジが外れてるわね』

苦笑《くしょう》するアリスの声を聞きながら、レドキングは自身の読み違《ちが》いに……読み違えさせたゼクス達に戦慄していた。

◆◆◆

■大陸某所《ぼうしょ》・数分前

とある山中、木々深い森の奥《おく》。

〝監獄〟の外縁と大陸の接点は、未開の自然の中にあった。

その座標は誰にも知られず、レドキングの空間操作によって外部から隠蔽《いんぺい》されている。

そんな何もかも隠《かく》されているはずの光景が、激変する。

突如《とつじょ》として何もない空間から三本の巨大な円錐《えんすい》――三体のサンダルフォンのドリルが空間を穿ち、飛び出したのだ。

空間の隠蔽を内側から抉《こ》じ開ける巨大な兵器。

しかし、ドリルの周囲に穿たれた空間の隙間は、レドキングの空間操作によって即座に閉じられていく。

蟻一匹這《ありいっぴきは》い出る隙間も、時間もないだろう。

だが……ドリルの先端部分だけは、依然《いぜん》として〝監獄《かんごく》〟の外に突き出ている。

それは仕方のないことだ。先端部分はサンダルフォンの空間操作能力が集中している。

そのサンダルフォン最大の矛に対して、盾を務めるレドキングも先端に空間操作を集中させればたとえ相手が三体でも防げるだろう。

だが、それはリソースのロスが余りにも大きい。

それをするくらいならば、三点の間に生じた人が通過するためのトンネルを塞ぐ方が、余程《よほど》簡単で消費も少ない。どの道、そうすれば脱出などできないのだから。

〈無限エンブリオ〉でも常識人であるレドキングの判断は妥当《だとう》で、間違《まちが》っていない。

ゆえに、頭のネジの外れた人間として間違っている手口を見逃《みのが》した。


その変化は唐突《とうとつ》だった。

ドリルの周辺で森の木々の幾本《いくほん》かが折れ、地面に何かが擦《こす》れたような痕跡が発生する。

しかし、その原因となる現象は全く見えない。

木々が折れる瞬間は誰にも見えず、気づけば折れ砕《くだ》けて地面に転がっていたのだ。

まるで十数秒遅れで世界が破壊に気づいたかのような有り様。

そんな不自然な自然破壊の突端《とったん》に、不意に浮かび上がる姿がある。

それは――全身をボロボロにしたガーベラだった。

「ううう……死ぬかと思った。おぇ……」

彼女の手足はあらぬ方向に曲がり、口からは血が混じった吐瀉物《としゃぶつ》が垂れている。

まるで恐ろしい攻撃《こうげき》に晒《さら》されていたかのような有り様だが……然《さ》もありなん。

彼女はサンダルフォンの《フォール・ダウン・スクリーマー》のすぐ傍《そば》にいた。

――回転するドリルの中という、特等席に。

かつてバルドルに変身してシュウと戦ったときがそうであったように、ヌンは外観と能力こそコピーするがスライムの性質も大きく残している。シュウとの戦いではそれによって再生し、さらにはミサイルの弾頭《だんとう》を内部で流動させるなどのトリックも用いていた。

その性質により、今回は必殺スキル使用状態のガーベラをドリルに仕舞いこんだ。

そして空間を穿孔した後に、内部にいるガーベラを放出したのだ。

当然のように、遠心力で派手に吹《ふ》き飛ぶことになったが。

「痛くないけど……気持ち悪い……死にそう……」

ゼクスがガーベラの接触《せっしょく》を痛覚で感知するため、今回は痛覚をオフにしていた。

レドキングに対しては痛覚の有無《うむ》による感知は関係ないため、痛覚オフでも問題ない。

……無論、痛覚オフだろうがドリルの中で諸共《もろとも》回された人間が無事なはずはない。

「お、オーナーの嘘《うそ》つきぃ……オーナーの変身するサンダルフォンに触るだけって言ったのに……。うぇえん……」

ガーベラの三半規管は既にボロボロであるし、無茶《むちゃ》な遠心力で全身の骨は折れ、射出時に激突した衝撃《しょうげき》で普通《ふつう》なら即死《そくし》している。

そうなっていないのは、必殺スキルで彼女と合体したアルハザードのお陰《かげ》だ。純竜《じゅんりゅう》クラス相当の強度を持っているアルハザードがダメージの大半を引き受けたお陰で、彼女はボロボロだがこの通り生きている。

そしてほぼ全損状態のアルハザードが紋章《もんしょう》の中に戻ったので、必殺スキルの解けた彼女の姿がこうして現れたのだ。

「うぅ、……早くしないと死んじゃう……」

彼女は気持ち悪さに悶《もだ》えつつ、吐瀉物塗《まみ》れの地面から指輪型のアイテムボックスを拾い上げた。

その中から高品質の【ポーション】を大量に取り出して自らにかけていく。

それでようやくＨＰの減少が止まり、傷痍《しょうい》系状態異常もいくつか消えた。

彼女が受け取ったゼクスからのメールには『私のアイテムボックスを持って、姿を消したまま私が変身したサンダルフォンに触れてください』程度のことしか書かれておらず、「こんなことでいいの?」と思いながら了承《りょうしょう》した。

まさかここまで頭のおかしい使われ方をするとはガーベラも思わなかったが。

……この手段を選ばぬやり方は、むしろゼクスのライバルであるシュウを思わせる手口であり、ある意味ではゼクスが彼《かれ》に感化された証明とも言えた。

「……あの地獄《じごく》の特訓ってこれ見越《みこ》してたのかしら……」

彼女がゼクスの下で受けた特訓……痛覚オンのまま様々な手段で肉体を酷使《こくし》する地獄を思い出す。あの経験がなければ、痛覚オフだろうとガーベラは耐《た》えられなかっただろう。

「あー……どうかモンスターとか寄ってきませんように……」

ガーベラは文字通り浴びるように【ポーション】を使い、少しずつ回復していく。

だが、彼女の頼《たの》みのアルハザードは動けず、彼女自身も満身創痍《まんしんそうい》である。

「……あ。そうだ」

ガーベラはゼクスのアイテムボックスから、あるものを取り出す。

それは彼女自身よりも大きいモノ……一台の馬車だった。

これを取り出すことも、メールに書いてあった指示だ。

「これでよし……あとは護衛用に……」

次いで、アイテムボックスに収納されていたアプリルも取り出す。

『お呼びでしょうか。仮所有者閣下』

周囲が喫茶店《きっさてん》の店内でなく森の中だったためか、既に戦闘《せんとう》モードに入っているらしいなめらかな口調でアプリルが尋《たず》ねる。

「周辺の警戒《けいかい》おねがーい……私はちょっとグロッキーだから二人が来るまで休むわー……。

アルハザードもまだ動けないしー……」

『了解《りょうかい》』

ガーベラは馬車にもたれかかり、アプリルは周囲を警戒する。

それから数分が経《た》って、

「んー！　娑婆《しゃば》の空気は美味《おい》し……なんかゲロ臭《くさ》くて好みじゃないのネ……」

――馬車の中から、獄中《ごくちゅう》でログアウトしたはずのキャンディが姿を現した。

「……上手《うま》くいったみたいね」

キャンディが現れたことで、ガーベラはゼクスの計画が成功したことを知った。

彼女にとっても、これで後からゼクスに体を治してもらえる算段がついて一安心である。

「あ。ガッちゃんが死にかけてるのネ♪　ウケルー」

「あんたねぇ……」

半死半生の傷を負っているガーベラを指差して、キャンディが愉快《ゆかい》そうに笑う。

「かわいそうに、おっぱいも削《けず》れて……あ、元からなかったのネ♪」

「マジでぶっ殺すわよクソGOD⁉」

ズタボロの状態から根性《こんじょう》で立ち上がろうとするほど、ガーベラはブチ切れた。

なお、ガーベラのパッドはドリルの回転や激突の衝撃で破れた服からどこかに吹っ飛んでいたが、本人の平坦《へいたん》な胸は無事である。

キャンディがからかい、ガーベラがギャーギャーと抗議《こうぎ》するやりとりをしている内に、馬車からさらに一人分の物音が聞こえた。

「お二人とも、ご無事で何よりです」

――何事もないかのように、馬車からゼクスが降りてきたのであった。

「バッチリ成功なのネ♪」

「……私、どう見ても無事じゃないんだけど。早く治してよ……」

「ええ、すぐに」

ゼクスは髪《かみ》の長い女性……かつて得た特殊超級職《とくしゅスペリオル・ジョブ》【聖女《セイント》】の姿に変わり、ガーベラの治療《ちりょう》を行う。

「……それにしても。本当に〝監獄〟から出るのにも使えたのね、これ」

治療を受けながら、ガーベラは馬車を見上げる。

彼女の《鑑定眼《かんていがん》》で見た情報には、こう書かれている。

――【セーブポイント・キャリッジ】、と。

「移動式セーブポイントの馬車。デスペナからの復帰には使えないって聞いてたけど」

「ええ。しかしながら、私達《わたしたち》はデスペナルティの復帰に使った訳ではありませんから」

指名手配犯が〝監獄〟に収監《しゅうかん》される仕組みは次の三段階だ。

一、指名手配によって各国のセーブポイントが使用不可能になる。

二、デスペナルティになる。

三、復帰場所が〝監獄〟内のセーブポイントしかないため、そこに収監される。

このとき、セーブポイント付きの馬車にセーブしていても、二の段階でそのセーブが消えているので復帰地点には選べない。

ガーベラはゲームの中断セーブのようなもの、と説明を受けた。

「ですが、今回の私達はただのログアウトとログインを行っただけですから」

〝監獄〟内で【セーブポイント・キャリッジ】にセーブする。

それを〝監獄〟の外へと持ち出してしまえば、〝監獄〟の外にあるログイン地点として機能するのである。

「それ、レドキングは気づかなかったの？　セーブするときとか」

自分自身は【セーブポイント・キャリッジ】を使わず、身を削りながらアイテムボックスを運んだガーベラは疑問を口にする。

「レドキングのことは〝監獄〟にいる間に色々と観察しましたから。彼も視点は一つしかないことは分かっています。彼が立つ空間内ならば全知も可能かもしれませんが、彼は疫《えき》病《びょう》を警戒してしばらく〝監獄〟内に入れていませんでしたから」

「……あー、そういう狙《ねら》いもあったのね、あれ」

幾つもの監視《かんし》モニターのようなものはあったとしても、監視者は一度に一つしか見られないのだろう。あるいは並行《へいこう》作業を得手とするチェシャならば別かもしれないが、レドキングはそのタイプではない。

そして、他の管理ＡＩは〝監獄〟内の動向に関与《かんよ》していないこともゼクスは調べていた。

というか、いくつかの情報はレドキング自身との雑談で得たものだ。

また、二人がセーブしたのはハンニャが脱獄《だつごく》を試みていたときや、ゼクスがレドキングと話していたときなど、明確にレドキングの注意が他に逸《そ》れていたタイミングである。

随分《ずいぶん》と前から、移動式セーブポイントを利用した脱獄を計画していたようだ。

「……ところで、私がこんな重傷負う必要あったの？　アイテムボックスだけ外に放《ほう》り投《な》げればよくない……？　頑丈《がんじょう》なアプリルもいるし」

ガーベラではなくアプリルに【セーブポイント・キャリッジ】入りのアイテムボックスを持たせていれば、自分は苦しい思いをしなくてもよかったのではないかと文句を言う。

しかし、ゼクスは首を振《ふ》った。

「存在を隠蔽できるガーベラさんと違い、アプリルではレドキングに感知されてしまいます。ドリルの中にいると気づかれた時点で、彼は対処するでしょう。実際、囮《おとり》のトンネル作戦の方は防がれました。ガーベラさんのスキルで確実に行う必要があったのです」

「私の安全性……はぁ」

諦めたように、ガーベラは溜息《ためいき》を吐《つ》く。

「ちなみに、私がいないときはどうするつもりだったの？」

「この私自身を隠すことになっていたでしょうね。しかしやはり、ガーベラさんが行うよりも気づかれるリスクは上がっていたと思います」

なお、今回の要であるサンダルフォンをストックする前からも脱獄の計画自体はあった。

犯罪者であるゼクスは収監される前から〝監獄〟の仕様そのものはネットや〈ＤＩＮ〉で集めていた。その当時から、ゼクスは脱獄方法を考えてはいたのだ。

その場合は入所前にキープしていた空間系の〈エンブリオ〉を用いる算段だったが、サンダルフォンほどのパワーはないため成功率は下がり、脱出《だっしゅつ》できるゼクスの体積……ＨＰも随分と減っていたはずだ。

なお、今はサンダルフォンを入れたのでそちらの空間系はストックから消えている。

ゼクスが長らく〝監獄〟に居座《いすわ》ったのはハンニャによって、より確度の高い計画を練ることができると考え、すぐには出ずに外部の準備が整うのを待っていたためでもある。

その後にキャンディやガーベラも入って来たので、待ちの判断で正解と言えた。

「ガーベラさんが来てくれて助かりました」

「……そう」

今のゼクスも、《スプリット・スピリット》で四体出したことで最大ＨＰが四分の一にまで減じている。それでも、最初の計画よりは余程良い。

「これから長旅になりますから。ＨＰはあって困るものではありません」

「長旅とか経験値ツアー以来なのネ。ちなみにここってどのあたりなノ？」

「ここは王国とレジェンダリアの緩衝《かんしょう》地帯。……いえ、今は王国の領地ですね。この私にとっては懐かしい場所です」

ゼクスは過去を……この地でシュウと共闘したことを振り返るようにそう述べた。

ここはかつて、【螺神盤《らしんばん》　スピンドル】という名の〈UBM〉が君臨していた地域だった。

それに気づいたのは、ハンニャが脱獄を試みていたときだ。

幾度《いくど》か開いた隙間から垣間見《かいまみ》えたものが、自分にとって忘れえぬ記憶《きおく》の景色だったことで……ゼクスは〝監獄〟の所在地を事前に把握《はあく》した。

もしも〝監獄〟がこの大陸上にない場合や、あるいは宇宙空間にでもあった場合も想定していれば、より脱獄の難易度が上がっていただろうが……所在地を把握したことで決行のハードルは下がっていた。

（あるいは、レドキングがここに〝監獄〟を築いたからこそ、あの【螺神盤】は空間操作の能力も持ち合わせていたのかもしれませんね）

近くに空間を操作して作られ、隠された〝監獄〟があったことで、進化に影響《えいきょう》を受けていたのかもしれないとゼクスは考察した。

「……ふぅ」

話している内に、ガーベラの全身の傷と状態異常は完治した。

それから《瞬間装着》で服を整え、ガーベラは立ち上がる。

「それで、これからどうするの？」

「人通りのない地域ですので、ここから可能な限り人目を避《さ》けて天地に向かいます」

「ふーん……」

ガーベラは『徒歩で大陸横断とかきつくない……？』と思ったものの、『……まぁ、馬車はあるしどこかで馬か地竜を仕入れればいいわー』と考え直す。

『……………』

しかし不意に、彼女《かのじょ》の隣《となり》にいたアプリルが空を見上げた。

つられてガーベラも、彼女だけでなくゼクスとキャンディも見上げていた。

そこには……。

『人通りがないって……そうでもないみたいだけど？』

彼女達《たち》が見上げた先。空の上には……驚愕した表情で彼女達を見下ろす黒ずくめの〈マスター〉と、銀色の煌玉馬《こうぎょくば》の姿があった。

偶然《ぐうぜん》か、必然か。それは彼女達三人を〝監獄〟に送った者達と、縁《ゆかり》の深い人物。

――即ち、レイ・スターリングであった。

◇◆◇

□■ 〝監獄〟

「……私の完敗です」

三人がいなくなった〝監獄〟で、レドキングは静かにそう述べた。

脱獄に至った経緯《けいい》の説明をアリスから受けて、納得《なっとく》もした。

今はアリスとの通信も切れており、レドキングは一人で思考し、行動を反省している。

「この敗北感は……懐《なつ》かしいですね」

自身の欠点を見直すことなど、〈マスター〉を失ってからは数えるほどしかなかった。

大失敗で得た教訓と新たな対策、そして形のない懐かしさがこの騒動《そうどう》でレドキングの得たものだった。

「ゼクス。私は君の計画を読み切ることができず、君は私の考えを上回りました。それは、称賛に値します」

自身を上回った脱獄犯《だつごくはん》を……看守は素直《すなお》に褒《ほ》めた。

職務上は誤りであっても、それは素直な気持ちだった。

「けれど、君も全《すべ》てを読めているわけではない。だから……すぐに帰ってくるかもしれない」

次に述べた言葉も、負け惜《お》しみではない。純粋《じゅんすい》に、そう思っていた。
そう考えるだけの材料が、レドキングにはあった。
「〝監獄〟にいた君にとって、外のことは間接的にしか知りようがなかったはずです」
空間を司《つかさど》るレドキングには、見えている。
彼らに近づく者達の姿が。
それは北……ギデオンから飛んできた一般《いっぱん》の〈マスター〉であるレイ・スターリング。
分類すれば善であり、努めて悪であろうとするゼクスとは相容《あいい》れない。
だが、そんな彼はさして問題ではない。
彼の兄ならばともかく、今の彼ではゼクスを止められる確率は極《きわ》めて低い。

だから、彼ではない。

ゼクスがサンダルフォンに変形して空間を穿孔《せんこう》……外界に影響を及《およ》ぼし始めた時点で、
より恐ろしい存在は動き始めているのだから。
レドキングは、〝監獄〟周辺の映像を確認する。
そこには……しっかりと映し出されている。

〝監獄〟の南……レジェンダリアの縄張りから迫《せま》るモノ達の姿が。

「脱獄は……出てからが本番というストーリーも多いものです」

彼らの脱獄に立ち向かった管理ＡＩは、そうして外部の様子をモニターする。

参加者から観客に立場を変えて、彼らの脱獄の第二幕を観《み》るために。

第四話　エンカウント・アンド・エンカウント

□【呪術師《ソーサラー》】レイ・スターリング

俺《おれ》は適正狩場《かりば》である王国の最南端《なんたん》の山林へと向かっていた。

レベル上げの前に、ジョブは【呪術師】に切り替《か》えている。

選んだ理由は、やはりあの斧《おの》だ。

斧が纏《まと》った膨大《ぼうだい》な量の怨念《おんねん》から見て、反動ダメージで最も有力であろう候補が呪《のろ》い関係。

それを緩和《かんわ》するために呪術《じゆじゆつ》系のスキルだけでなく耐性《たいせい》スキルも得られる【呪術師】を試《ため》しに選択《せんたく》したという訳だ。

斧からの反動の軽減に効果があればよし。

駄目《だめ》なら……下級職の枠《わく》が埋《う》まった後で優先的にリセットすればいい。

「御主《おぬし》、このままだと【聖騎士《パラディン》】と【暗黒騎士《ダークナイト》】を揃《そろ》えることになるのではないか
……？」

「……流れによってはあるかもしれない」

呪術師系統と騎士系統の組み合わせは【暗黒騎士】への道らしい。

ジュリエットが喜びそうな組み合わせだ。

レトロRPG四作目の主人公みたいだから、兄も喜ぶかもしれない。

「組み合わせ超級職《スペリオル・ジョブ》が見つかるかもしれんし、良いのかもしれぬがのぅ」

ああ、【僵尸《キョンシー》】と道士系の組み合わせでなれる迅羽《じんう》の【尸解仙《マスター・キョンシー》】みたいな。

「でも、そのセットで取ってる人は多いと思うぞ。定番だし」

光と闇《やみ》が一つに、みたいなのは本当によくある話だ。確実に先駆者《せんくしゃ》が試しているだろう。

それで見つかっていないのだから存在しないか、ロストしている上に捻《ひね》くれた条件が必要なのだろう。

「遥《はる》か彼方《かなた》の超級職よりは目の前のレベルアップということだの」

「ああ。今日中に耐性スキル取得を目指して、レベル上げだ」

取れたら、本拠地《ほんきょち》の闘技場《とうぎじょう》で効果があるかを確かめてみよう。

ダメだったら明日以降は他のジョブに切り替えてのレベル上げだ。

「……ん？」

飛翔《ひしょう》するシルバーが狩場に近づくと、俺《おれ》の耳に奇妙な音が届いた。

かなり遠くから聞こえてくる微《かす》かな……しかし元は轟音《ごうおん》であったろう音。

どこからか巨大《きょだい》なモノが唸《うな》りを上げて、何かを砕いているような音だ。

ただ、硬《かた》いモノを砕いているのか、柔《やわ》らかいモノを引き裂《さ》いているのかは分からない。

唸りと共に、聞いたことのない破壊《はかい》音が遠くから聞こえてくるのである。

気のせいかもしれないが、以前ギデオンで聞いた……サンダルフォンの発した音に似ている気がする。

「行ってみるか」

奇妙な胸騒《むなさわ》ぎがあり、シルバーの進路を変更《へんこう》する。

「……また、厄介《やっかい》事に巻き込まれるかもしれぬがのぅ」

そうであれば、なおのこと向かった方がいいだろう。

ここはギデオンともさほど離《はな》れていないのだから。

そうして、俺達《たち》は音のした方角へと向かった。

音のした場所に辿《たど》り着くと、やはりそこでは何かが起きているようだった。

遠目でも、異常は見て取れる。

「あれは……かなりの重傷みたいだな」

女性が一人、血塗《ちまみ》れで倒《たお》れていた。

その女性を治療する女性が一人。

それと馬や地竜がついていない馬車の傍に給仕服《きゅうじ》の女性が一人。変わった格好だが、それを言えば四六時中着ぐるみを着ている身内もいるので不思議ではない。

それから木の陰にいてよく見えないが、女性物の衣服も見え隠れしている。

どうやら女性四人組のパーティであるらしく、ここで何事かがあって一人が重傷を負ったらしい。治療を施《ほどこ》しているようだが、遠目でも部位欠損を含《ふく》む重傷だと分かる。

上級職でも治療は難しいだろう。それこそ女化生先輩《せんぱい》でもなければ完治は……。

「え……？」

しかし、そう思っていた俺の眼下で、血塗れの女性はその体を完治させていた。

驚《おどろ》いた。女化生先輩以外でもあんな重傷をすぐに治療できる人がいたのか。

あるいは、〈エンブリオ〉のスキルなのかもしれない。

「あっ」

俺が驚愕と共に見下ろしていると彼女達も俺を見上げる。

そうして、治療を受けていた女性や治療していた女性と目が合った。

ここで踵《きびす》を返して立ち去るのも失礼かと思い、シルバーを降下させることにした。

それに大怪我《おおけが》をしていたということは、何かトラブルがあったのかもしれない。

『…………』

ただ、シルバーは給仕服の女性を気にしているらしかった。何故《なぜ》だろうか？

「……？」

不意に、何かが聞こえた。

先刻のように、巨大なモノが発する音ではない。

小さなモノが、大量に動いているような音だ。

「何だ……？」

その音は……南から聞こえてきた。

◆◆◆

■アルター王国南端・国境山林

降りてくるレイの姿に、ガーベラは内心でかなり焦《あせ》っていた。

（なんでここに……？）

相手が誰《だれ》であるかは知っている。

かつてガーベラがシュウに罪を被《かぶ》せて挑発《ちょうはつ》した際に、レイのことも調べていた。

そうでなくても、レイ・スターリングはギデオンの事件でかなりの有名人だった。

少なくとも、名前も思いだせない決闘《けっとう》ランカーなどよりははるかによく知っている。

だがまさか、そんな相手がここに居合わせるというのは想定外にも程《ほど》がある。

（……いや、どーするのよ、これ）

戦えば、必ずと言っていいほどに勝てる。

レイが三人に勝利する確率は、それこそ小数点の彼方にしかない。

だが、戦う時点で今の三人には悪手。戦えば存在に気づかれ、シュウを始めとした彼女達の敵手と繋《つな》がりが深いレイはそれを伝えるだろう。

デスペナルティにしても、リアルでの連絡やSNSで三人の情報を伝えるかもしれない。

脱獄したこととおおよその現在位置が知られることのリスクは極めて大きい。

討伐《とうばつ》隊など編成されれば、またデスペナルティになりかねない。

今のゼクスはHPが四分の一になっている上にレベルダウン。ガーベラにいたっては頼《たの》みの綱《つな》のアルハザードがボロボロなのだから。

そして〝監獄〟に逆戻《ぎゃくもど》りすれば、コストの関係で同じ脱獄手段は行うのが難しい。

ゼクスのレベルが下がっているし、ハンニャとて〝監獄〟を出た以上、レベル上げくらいはしているだろう。再度の準備期間で、ハンニャがゼクスのストックから外れる恐《おそ》れもある。

何より、レドキングが対策をして二度目はないかもしれない。

（逃《に》げるのも……賭《か》けよね）

三人揃ってログアウトすれば、今の危険は回避《かいひ》できるかもしれない。

だが、ログアウトするには非接触状態で三〇秒の時間を必要とする。

その間に、顔を覚えられるかもしれない。ゼクスは容姿を【聖女《セイント》】に切り替えているのでバレていないだろうが、キャンディは気づかれる恐れが強い。

そうなれば、このログアウト地点に張り込まれることも考えられる。

ログアウトせず、そのまま逃げようとすれば露骨《ろこつ》に怪《あや》しまれるだろう。

何かあるのかと追ってくるかもしれない。

しかも、レイは煌玉馬という機動力を持っているので逃げ切れるかも怪しい。

（なら、一切《いっさい》気づかれないうちに即死させる、……こともできないじゃない……！）

先日の講和会議で、レイの持つ【死兵《デス・ソルジャー》】のスキルは確認《かくにん》されている。

殺しても、一分近くは残留する。確実に情報を持ち帰られてしまう。

そもそもガーベラから今見えているのは彼一人だが、近くに他の仲間が……それこそシユウやルークがいる可能性さえありえる。

実際には違っても、〝監獄〟を出たばかりで外界の情報をほとんど持たないガーベラにとっては、当然の危惧《きぐ》だった。

（駄目だわー……、こいつ、今この状況《じょうきょう》で一番面倒《めんどう》くさい相手だわー……）

殺してもすぐには消えず、得た情報を有力者に渡《わた》す伝手《つて》もある。

ガーベラではお手上げ。もうゼクスとキャンディに打開策を期待するしかない。

だが……。

「…………んぇ？」

横にいる二人を見て、ガーベラは驚愕《きょうがく》した。

ゼクスは【聖女】の姿のままだが……右手にはストックの一つだろう剣《けん》の〈エンブリオ〉を掴《つか》んでいる。

そしてキャンディにいたっては――レシェフを起動させている。

明らかな、戦闘態勢であった。

「ちょ、え？　やるの⁉　ここでやっちゃうの⁉」

自分でさえ危惧したことをまさか二人が、少なくともゼクスが気づいていないとはガーベラには思えない。

ならば、自身の意図の及ばぬ深慮遠謀《しんりょえんぼう》の結果、一見すると短絡的《たんらくてき》なレイ・スターリング抹殺《まっさつ》に走ったのかもしれない。

「で、でも私ってまだアルハザードのＨＰが……とりあえず再出撃させて……、えっとボウガン届くかしら……」

「ガッちゃん」

いそいそと武器を構えようとするガーベラに、キャンディが告げる。

「戦うのは……上のＧＯＤ達よりワルな服装の奴《やつ》じゃないのネ」

「え？」

ゼクスも、キャンディも、アプリルさえも既《すで》にレイを見ていない。

そしてレイもまた、彼らから視線を外している。

三人と一体は、南の方角を見ていた。

――レジェンダリアとの国境を。

「――縄、張、り」

「オーナー……？」

そう呟《つぶや》いたゼクスに、ガーベラは少し驚いた。

それは彼の崩《くず》れない微笑《びしょう》が、少しだけ歪《ゆが》んでいたから。スライムである彼の額に汗《あせ》が流れはしないが……仮に流せたら冷《ひ》や汗を流したのではないかと思うほどに。

「失念していましたね。ここは元々レジェンダリアとの緩衝地帯で、今も国境が近い……こうなる可能性もありましたか」

「な、何が来るって言うのよ……？　縄張りって……何の？」

狼狽《うろた》えるガーベラに対し、ゼクスは静かに答える。

その答えはシンプルで、創作ではありふれて、しかし……〈Infinite Dendrogram〉で彼女が対面したことはない名前だった。

即《すなわ》ち――。

「――【魔王《ロード》】」

直後、森が騒《ざわ》めき――群れをなした異形が彼らへと向かってきた。

◇◇◇

□【呪術師】レイ・スターリング

「何だ、こいつら……！」

レジェンダリアとの国境方面から大挙して迫ってきたモノは、ミスリル色の光沢《こうたく》をした金属製の異形の群れ。

それらは、子供の粘土細工《ねんどざいく》よりも拙《つたな》い見栄《みば》えをしていた。

粘土の塊《かたまり》を「これが胴体《どうたい》。手足と頭。完成」と適当にくっつけたような怪物達《かいぶつたち》。

無理やりに翼《つばさ》をつけた飛行型とゴリラに似た陸上型。特徴《とくちょう》は似通っているが、形状が歪《いびつ》なので完全に同じ種類とも言えない。

フランクリンの改造モンスターのような最低限のデザイン性も見えない。

しかし、その粘土細工以下の怪物達から伝わる威圧《いあつ》感は、とても強い。

最低でも亜竜《ありゅう》以上のパワーを感じる。純竜にも近いのではないだろうか？

それらの総数が、合わせて五〇を優に超《こ》えている。

数はフランクリンの〝スーサイド〟シリーズの一〇〇分の一以下だが、それでも感じるプレッシャーのままの戦闘力《せんとうりょく》を持っているならば危険な手合いだ。

「レジェンダリア固有のモンスター？　……でも、これは」

あるいは、それだけならばまだ何とかなったかもしれない。

眼前の光景で最も奇異《きい》であるのは、それらの怪物《かいぶつ》がいずれも玉虫色のオーラを纏ってい
ることだろう。

怪物そのものに感じる威圧感とは別に……それ以上の気配を感じる。

『モンスター共に共通するスキルでないとすれば……テリトリー系列の〈エンブリオ〉？

それとも、チャリオッツの派生《アドバンス》か？』

「かもしれない……」

ネメシスの言葉に、頷《うなず》く。

あのオーラが、〈エンブリオ〉である可能性はある。

そして、レギオンという線はない。あれらの頭上には、しっかりと名が記載《きさい》されている。

――【スラル】、と。

『…………』

形がまるで違《ちが》うのに【スラル】という一つの名を持った怪物達。

そのうち、翼を持つ一〇体が俺へと向かってくる。

残りの四〇体は、眼下の女性達へと突《つ》き進《すす》んでいた。

「……ねえ、すごく不気味なんだけど……これってレギオンの〈エンブリオ〉？」

「いえ、ジョブスキルの産物でしょう。恐らくは、いずれかの【魔王】の。ただ、【暴食魔王《ロード・グラ》】とは以前戦ったことがあるので、彼女ではありませんね」

『肯定《こうてい》、【怠惰魔王《ロード・アケディア》】の《奉仕種族《スラル》》です』

高度を下げたためか、彼女達の話し声が俺にも聞こえてくる。どうやら俺よりもずっとこの状況について理解しているらしい。

「だけど……【魔王】だって？」

以前にアズライトから【憤怒魔王《ロード・イラ》】の名前を聞いたことはあるし、そういう存在がこの〈Infinite Dendrogram〉にいることは知っていた。

けれど、……どうしてそんな奴が俺や彼女達を襲《おそ》う？

『アプリルはやはり知っていましたか。《ランブリング・ツリーウォーク》』

先ほどまで治療を行っていた女性が剣を地面に突き刺《さ》しながら、スキルを発動する。

直後、地面から幾《いく》つもの樹木が生え、根を足のように動かして怪物達に向かっていく。

「これでいける……？」

「いえ、ただの時間稼《かせ》ぎです。このスキル、地面の栄養《リソース》を使う割に弱いので。インスタント召喚《しょうかん》としてはそれなりに使い勝手は良いですが」

見れば、樹木は怪物達によって砕《くだ》かれている。

やはりあの怪物達の戦力はかなり高いらしい。

そして俺の方へも翼の怪物達が接近してきた。

「ッ！　《煉獄火炎《れんごくかえん》》」

接近戦ではパワー負けすると予想できたので、シルバーの機動力を活《い》かして中距離《ちゅうきょり》から《煉獄火炎》で応戦する。

だが、山林への引火が懸念《けねん》されるため、消火手段がない状況で下方には撃《う》てない。

また、彼女達がいる以上、《地獄瘴気》も使えない。

……そもそも、あの粘土細工に効くのかも分からないが。

「アプリル、今のうちに説明を」

剣の女性は追加の樹木モンスターを発生させながら、給仕服の女性に説明を促《うなが》した。

『【怠惰魔王】の基本スキル《奉仕種族》は無生物をモンスター化するスキルです』

下で繰《く》り広げられている会話は、俺にも聞こえている。

我ながらよく聞こえるよなとは思うが、もしかするとシルバーが気を利《き》かせて聞こえるようにしているのかもしれない。スキル説明には書いていなかったが、ある程度の空気をコントロールできるなら、そういうこともできそうだ。

原理不明のスキルを使っているし、インテグラとの話でも謎《なぞ》が多かった。

『作り出されるモンスター、【スラル】の性能は素材と使用するSPに依存《いぞん》します。あれらの素材は、ミスリルと推定されます。戦闘力としては、中程度かと』

ミスリル、……なるほど。あの銀色の光沢に覚えがある訳だ。

ルークが連れているリズと素材は近かったのだろう。

リズほど自由な変形はしそうにないが、その形での強度やパワーでは勝《まさ》るようだ。

「他の特徴は？」

『【スラル】は【怠惰魔王】にのみ従い、他者への譲渡《じょうと》はできません。代わりに、パーティ枠やキャパシティも圧迫《あっぱく》しません』

「……え？　ずるくない？」

『代償《だいしょう》として、【怠惰魔王】のステータスはHPとSPを除けば【魔王】シリーズの中では最弱です。加えて、【怠惰魔王】本人の肉体は戦闘《せんとう》行動を取れません。己《おのれ》の生存に必要なリソースの獲得《かくとく》作業を、作りだした【スラル】に依存します。ゆえに、配下と言うよりは手足と言うのが近いかと』

「……【魔王】なんて仰々《ぎょうぎょう》しいジョブなのに、要介護者みたいね」

【怠惰魔王】というジョブの情報と、それを知っている彼女。どちらにも驚くしかない。

よく見れば、アプリルと呼ばれている給仕服の女性は球体関節を持っていた。

あるいは、人間ではないのかもしれない。シルバーも気にしているようだし、初代フラグマン関連……インテグラの話していた煌玉人の一種か？

「…………ふむ」

「……オーナー、何考えてるのよ」

「戦闘行動のできない、【生贄】。無生物のモンスターへの変成。それはまるで……」

アプリルの話した内容に、オーナーと呼ばれた女性は何事かを考えているようだ。

だが、その間にも地上の【スラル】は樹木の群れを叩《たた》き壊《こわ》し、距離《きょり》を詰《つ》めてきている。

こちらに迫ってくる翼付きの【スラル】も同様だ。こいつらは炎《ほのお》で炙《あぶ》られても己のダメージに頓着《とんちゃく》しない。元々は無生物であるから、己の生命を守ろうとしていないのだ。

《煉獄火炎》で体を熔《と》かしながら、しかし残った体で俺にぶつかろうとする。

そこには最低限の戦闘技術すら見えず、ただその体をぶつけることしか考えていないかのようだった。それではこちらの命を奪《うば》うには至らないと思うが……。

「鉱物由来の無生物とか、GODにとっても面倒くさい奴なんだけどー。……とりあえず、ミスリル分解する奴をばら撒《ま》いちゃうゾ♪」

「……世界中の武器屋が泣きそうなもの作ってるわね、あんた」

俺の位置からでは顔が見えない女性はそう言って、彼女の〈エンブリオ〉らしい透明《とうめい》の巨大鈍器《きょだいどんき》を振り回す。

鈍器からは空気が噴《ふ》き出すような音と共に、何かが散布されているようだ。

念のために、それがこちらに届かないようにシルバーに指示して《風蹄《ふうてい》》によるバリアを張り直すが……。

「……溶《と》けないわよ？」

『あるぇー？』

地上の【スラル】は、ミスリルを分解するという何らかの攻撃《こうげき》を受けても……まるで影響を受けていなかった。

「物質構造が変化してるのか、そもそも届いてないのか。二番だったらあのキラキラオーラが怪しいのネ！」

「アプリル。あれは？」

『データなし。【怠惰魔王】にあのようなエフェクトを有するスキルはありません』

あれが【怠惰魔王】のスキルでないとしたら、やっぱり……〈エンブリオ〉か？

「配下を作るジョブスキルと、配下を強化する〈エンブリオ〉ってこと……？　【魔王】なんていうわりに真っ当なコンボ決めてくるわね……」

そう言って、ボウガンを持った女性は【スラル】を攻撃する。

だが、相手の強度のためか攻撃は徹《とお》っていない。

「……やっぱり攻撃力足りないわー。ミスリルには良い思い出ないのよね……。ていうかこれ、オーナーとアプリルしかまともに戦えないいんじゃない……？」

「上のワルに押《お》し付けるのってどうなのネ？」

「……名案じゃない？」

さらっと押し付けられようとしている……。それにワルってなんだ。なぜだか分からないが、彼女達《たち》にそう言われることに変な違和感《いわかん》があるぞ。

「皆《みな》さん。それと、レイ・スターリング君」

「え？」

不意に、オーナーと呼ばれていた女性が俺にも声をかけてきた。

今は動画のせいで名が知られているため、それ自体は不思議ではないしよくあることだ。

けれど、その女性からはそうしたものとは違う距離の近さを感じた。

どこかで会っていただろうか……？

「注意を……。恐らく、本命が来ます」

そう言って彼女が指差した方角……【スラル】達が群れをなしてやってきた方向から、

今度は一つの影《かげ》だけがゆっくりと迫って来ていた。

「あれは……」

それは頭上に【スラル】の名を戴《いただ》いてこそいたが、これまで現れた【スラル】とはまるで異なるものだった。

まず、形が違う。適当に粘土の塊を組み合わせたようなこれまでの【スラル】と違い、その【スラル】の形は整っていた。

二足歩行の地竜というのが近い。鼻先の角と両腕《りょううで》、そして尾《お》が剣となっているのが特徴か。

少なくともこの造形は、他の個体にはかけていなかった手間をちゃんとかけている。

そして、色が違う。

玉虫色のオーラを纏っているのは同じだが、【スラル】自身の色が緋色《ひいろ》だった。

同じ色を、かつてカルチェラタンで見たことがある。

マリオ先生の使っていた、緋色の人形。トムさんから聞いたアレの素材は……。

「……【神話級金属《ヒヒイロカネ》】か！」

現在の〈Infinite Dendrogram〉において、特典素材を除けば至高の生産素材。

先刻のアプリルの話によれば、【スラル】の戦闘力は素材と使用ＳＰに依存。

素材は最上級のものであり、造形を見れば使用SPも遥かに多いことが分かる。

間違《まちが》いなく、これが【怠惰魔王】とやらのエースなのだろう。

かつて戦った【魔将軍《ヘル・ジェネラル》】の【ギーガナイト《伝説級悪魔》】よりも戦力としては上位に思える。

……だけど、本当にどうして俺や彼女達にここまでの戦力を投入してくる？

俺が狙《ねら》いなら、どこかの白衣の差し金か？

そして俺ではなく彼女達が狙いだとすれば、アプリル……【怠惰魔王】についても詳《くわ》しい彼女の存在が理由か？

分からない。状況を推察する材料が全く足りていない。

『…………』

俺が緋色の【スラル】を寄越《よこ》した【怠惰魔王】の思惑《おもわく》が分からずに考えていると、緋色の【スラル】も彼女達と俺を順に見回した。

そして……。

『…………Gi』

緋色の【スラル】は、ミスリルの【スラル】の一体をその剣腕《けんわん》で串刺《くしざ》しにした。

「え?」

同士討《どうしう》ち? どうして突然《とつぜん》、……!

「――離れてください」

「――離れろッ!」

俺と、オーナーと呼ばれていた女性の声は同時だった。

だが、その声が届くよりも早く、変化は起きてしまっている。

緋色の【スラル】の剣腕が、緋色よりも赫《あか》く……融解《ゆうかい》した金属のように輝《かがや》く。

直後、串刺しにされたミスリルの【スラル】が沸、騰、し――弾、け、た。

膨大な熱量を受けて、内側から蒸発……爆発《ばくはつ》したのだ。

「……!?」

玉虫色のオーラを纏ったミスリルが、手榴弾《しゅりゅうだん》の破片《はへん》のように四方八方へと飛び散る。

警告を発した俺達《たち》と、丁度そのタイミングで警告が届いた彼女達《かのじょ》。

後ろに飛び退《の》いて、顔などの急所を腕《うで》で庇《かば》う。

熱量で火傷《やけど》はするだろうが、距離を取れば爆発そのものの威力《いりょく》は落ちる。

配下の一体と引き換《か》えの爆発攻撃《こうげき》も、致命傷《ちめいしょう》にはなりえない。

——はずだった。

「……え？」

ミスリルの破片が《風蹄》の守りを破り、顔を庇った俺の腕に触《ふ》れた。

その途端《とたん》……俺の意識が急速に薄《うす》らいでいく。

「これ、は……」

フラフラと、頭が安定しない。視界も定まらない。

それでも、ステータスを見れば……そこにはとある状態異常が表示されかけていた。

——【強制睡眠《すいみん》】、と。

「…………そ、れ……か」

この状態異常を引き起こしたものが何か……考えるまでもない。

最初から、これが目的だったのだろう。

あの突撃《とつげき》するだけの、戦闘技術が欠片《かけら》もない【スラル】は接触《せっしょく》だけが目的だった。

ただ、触れさえすればいい。俺達があのオーラに触れてしまえばそれでよかったのだ。

あのオーラは、触れた者を強制的に眠らせる。

触れれば、それでケリがつく。

眠《ねむ》らせてしまえば、煮《に》るも焼くも【怠惰魔王】の掌《てのひら》の上。

「ねめ、しす……」

『お、う……！』

消えていく意識で、【快癒万能霊薬《エリクシル》】を飲み下す。

そしてネメシスに第二形態への変形を指示する。

彼女《かのじょ》もまた、意識が消えかけているようだが……それでも第二形態への変形は叶《かな》った。

だが……止まらない。

眠りへと、落ちていく。かつて【ガルドランダ】の瘴気をはねのけた【快癒万能霊薬】でも通じず、第二形態でも逆転できない状態異常。

それが意味することは……。

「〈すぺ、りお……」

かつて女化生先輩と交戦したときの記憶《きおく》、抗《あらが》えない圧倒的《あっとうてき》なデバフ。

相手が〈超級《スペリオル》〉の一人であるという答えと共に、俺の意識は闇へと落ちる。

眼下では、給仕服の女性を除く三人も……倒れ伏《ふ》していた。

意識が消える最後の瞬間《しゅんかん》、どこかから聞き覚えのない声が聞こえた。

——Welcome to【Dreamlands】、と。

【魔王《ロード》】の縄張り

■【魔王】について

レドキングを始めとする管理AIが作り上げた〈神造ダンジョン〉は、三種存在する。

一つ目は、〈墓標迷宮《めいきゅう》〉。この世界を審査《しんさ》する先代管理者の遺《のこ》した物を封《ふう》じ込《こ》めるために作られたダンジョン。

二つ目は、〝監獄《かんごく》〟の〈神造ダンジョン〉。〝監獄〟に収監された〈マスター〉達にゲームを楽しませるために用意されたダンジョン。名前も定められておらず、様々なダンジョンの要素を混ぜ合わせている。

そして三つ目が、【魔王】の〈神造ダンジョン〉。管理AIが管理する前から存在した魔王転職用ダンジョンに、重ねるように作られたダンジョンだ。

先代と今代の管理者による二重構造であるため、極《きわ》めて高難易度のダンジョン。

しかし、それを制した者は超級職《スペリオル・ジョブ》である【魔王】シリーズに転職できると伝えられている。

【魔王】とは言わば、特別な血筋や才能を要求される特殊《とくしゅ》超級職の真逆。

超級職に要求される様々な才能を無視した超級職だ。

当代一名という条件は他の超級職と同じであるものの、ダンジョンを制した者であれば、誰であろうと就くことができる。

しかし、制覇《せいは》して【魔王】を得た者は極めて少ない。

三強時代以前に現れ、最終的に当時の【勇者《ヒーロー》】によって倒された【憤怒魔王《ロード・イラ》】など数えるほどしか出現していない。あるいは、出現しても知られていない。

ただしそれは〈マスター〉の増加……〈Infinite Dendrogram〉のサービス開始前の話だ。

魔王転職用ダンジョンは七つあると言われている。

天地の〈修羅《しゅら》の奈落《ならく》〉、カルディナの〈貧富の墳墓《ふんぼ》〉、ドライフの〈淫魔《いんま》の宮〉、所在地不定の〈優越《ゆうえつ》の天空城〉。

残る〈飢餓《きが》の山脈〉、〈悋気《りんき》の水底〉、〈安寧《あんねい》の流刑《るけい》地〉は、全《すべ》てレジェンダリアに存在する。

その配置バランスの悪さは、管理ＡＩ達にもどうしようもない。

元よりレジェンダリアに集まっていたのだ。重ねて作ればそうなってしまう。

この配置の意図は、ジョブ関係を用意した先代の管理者に聞かなければ分からない。

さて、領土内に三つもの魔王転職用ダンジョンがあったとしても、レジェンダリアにとっては特に問題がなかった。

〈神造ダンジョン〉はそこにあるだけのものだ。レジェンダリアの中でも僻地《へきち》にしかなく、しかも自然発生ダンジョンのように内部からモンスターが出てくることもない。

時折【魔王】の力を得るために実力者が向かい、二度と帰らないだけの場所である。

攻略《こうりゃく》難度の高さゆえ、レジェンダリア内で【魔王】に就いた者も記録上は存在しない。

ゆえに、何も起きない。触《さわ》らぬ神に祟《たた》りなしという話でもある。……【魔王】だが。


しかし、状況は変わる。

近年、レジェンダリアにとって不幸なことが二つあった。

第一に、〈マスター〉の増加。

〈マスター〉の性質によって、ダンジョンの難易度が大きく変わってしまった。

攻略に先代管理者が仕掛《しか》けた初見殺しの要素も多く含み、歴史上数えるほどの制覇者しか生きて帰ることができなかった魔王転職用ダンジョン。

しかし、デスペナルティで済む〈マスター〉は情報を持ち帰れる。実力だけではクリアできなかった三つの〈神造ダンジョン〉は、これによって少しずつ丸裸《まるはだか》にされていった。

第二に、制覇者。

情報が集まった後は、クリアできるだけの実力があれば制覇できる状況だった。

しかし、それもまた難しい。伊達《だて》に〈神造ダンジョン〉ではなく、再チャレンジしていけばクリアできるというほど甘《あま》い難易度ではないからだ。

また、魔王転職という用途《ようと》の都合か、人間範疇《はんちゅう》生物がパーティを組むと難易度が桁違《けたちが》いに跳《は》ね上がる仕様であり、ソロ攻略を求められたことも攻略の難化に一役買っていた。

つまり情報だけでなく、ソロでクリアできるだけの実力が必要だったのだ。

〈超級《スペリオル》〉含め、レジェンダリアに属していた〈マスター〉にそこまでの単独かつ直接的な戦闘力を持つ者は多くなかったのである。

だが、それはあくまで……属する者の話だ。

今現在、レジェンダリア内の三つの魔王転職用ダンジョンは全て攻略されている。

それを為《な》したのは、レジェンダリアにいながらレジェンダリアに属さない者。

――レジェンダリア内の指名手配犯達であった。


新たに生まれた三人の【魔王】全員が指名手配の大罪人にして――〈超級〉。

示し合わせたわけではない。ただ、彼《かれ》らがそれぞれに攻略した結果、そうなっただけだ。

レジェンダリアは初期プレイヤーが最も多く、同時に最も〈マスター〉の指名手配犯が多い国である。国に属する〈超級〉よりも、指名手配された〈超級〉の方が多い。

それこそ、三人が【魔王】と化してもまだ余るほどに。

いずれにしても、こうして長きにわたり制覇者の現れなかったダンジョンは攻略された。

レジェンダリアに巣食う怪物達によって、【魔王】の座は狩《か》り尽《つ》くされた。


【魔王】の座に就いた彼らは、好きに生きていた。

三人の【魔王】は『喰《く》らい』、『遊び』、『眠る』という自らの欲求に従っている。

あるいは自らに従う部族を従えて縄張りを作ってもいた。

それは【魔王】というよりも、どこか魔物《まもの》のように動物的であった。

別々に【魔王】となった彼らは、争うことも協力することもない。

だが、【魔王】達を含《ふく》む指名手配犯の〈超級〉は、不戦の約定を結んでいた。

一つの目的に集《つど》うクランではなく、相互不干渉《そうごふかんしょう》だけをルールとする同盟《カルテル》。

相手の縄張りに手を出さず、それ以外で欲《ほ》しい縄張りを広げていく。

レジェンダリアを舞台《ぶたい》にした、闇《やみ》の陣取《じんと》りゲーム。

そうして生まれたのが〈デザイア《欲望》〉と呼ばれる罪人同盟である。

大罪人達は協定を定め、他の〈マスター〉は彼らを倒《たお》せない。

部族連合という国の在り方と、レジェンダリアの地域ごとに異なる環境《かんきょう》……適応部族に有利すぎる環境が、彼らと彼らに従う部族の討伐を困難にしていた。

そしてレジェンダリアの外に興味を示すこともないため、かつてフ・クリマによって〈IF〉に勧誘《かんゆう》されたときも誰一人《だれひとり》として話に乗らなかった。

レジェンダリアという秘境に、〈IF〉にも匹敵《ひってき》する怪物達が蠢《うごめ》いているのである。

最も現実離《ばな》れした国であるがゆえに、最も闇が深まったのは皮肉であろうか。

それとも、闇が生まれる何らかの理由があったのか。

いずれにしても、結果として国土の中に【妖精女王《ティターニア》】をトップとする国家以外の、複数の反抗的《はんこうてき》な小国家を持つ形となり、レジェンダリアは混迷《こんめい》の只中《ただなか》にある。

先だっての首相《しゅしょう》暗殺事件も、これに関係したものであると噂《うわさ》されている。

この混沌《こんとん》とした現状で、セーブポイントを持つ大都市が【魔王】をはじめとする罪人に落とされていないことだけが救いである。

もしもそうなってしまえば、レジェンダリアの混乱は世界の混乱へと加速するだろう。

いずれ、世界のどこかでそうなるかもしれないが。


そんなレジェンダリアの現状であるが、ゼクス達の脱獄《だつごく》はこれに影響《えいきょう》を及《およ》ぼしている。

否《いな》、及ぼしてしまった……と言うべきか。

【魔王】の一人である【怠惰魔王《ロード・アケディア》】は、レジェンダリアの北端《ほくたん》に縄張りを持っている。

それは、かつて【螺神盤《らしんばん》】が根城にしていた緩衝《かんしょう》地帯に極めて近い場所。

……そう、ゼクス達が脱獄した場所は彼の縄張りのすぐ近く。

そして彼らが出てきたのは、脱獄に際して〈超級エンブリオ〉の攻撃スキル――《フォール・ダウン・スクリーマー》を長時間放ち続けた直後のことであった。

それを、【怠惰魔王】がどう受け取るか……。

◆◆◆

■【怠惰魔王】

とてもゆううつ。メランコリック。

今日は適度に天気がいいから、ポカポカ陽気で途切《とぎ》れず眠れていたのに。

地平線の先から【暴食魔王《ディス》】の奴が空ごと食べたときみたいな音がした。

お気に入りの安眠《あんみん》着ぐるみだけど、安全面で何かある音は素通ししちゃうのが難点。

つまりこれって危険ってことだから、それもまたゆううつ。

『……迷惑《めいわく》だなぁ、もう……』

起きてしまったから、仕方なく偵察《ていさつ》用の【スラル】を飛ばした。

そしたら、前科があるディスじゃなくて別口だった。

四人組で、見覚えがあるようなないようなって感じ。

で、そこから〈超級〉っぽい気配が二人以上。

でもきっと三人。ボロボロのもたぶん〈超級〉。給仕《きゅうじ》服は人間以外。ディスやベネトナシュ、それと迷惑な連中のせいでそういうの雰囲気《ふんいき》で分かるようになっちゃったよ。

『めんどーいー……』

対処考えるのもめんどくさいよバカー。

しかも呆《あき》れていたらまた増えたし。何か飛んでるけど、格好が露骨《ろこつ》に邪悪《じゃあく》。

一番魔王っぽい〝ボトムレス〟のジーだってあんな格好しないよ……。

で、この四人と一人だけど……まぁ、うん、敵。

全部敵だね。エネミー。もう面倒《めんどう》だし、安眠妨害《あんみんぼうがい》で迷惑だし、何よりこっち来たら危ないから先手取って倒そう。ノックダウン。

『……あー……そうだ……起きちゃったし……』

メイドさんにお夕飯頼《たの》んどこ。

ベッド横の呼び鈴《りん》を鳴らして、羊毛種族のメイドさんに来てもらう。

ちょっと……いやかなり悩《なや》んで夕飯にはオムライスをリクエスト。

ついでに派遣《はけん》戦力も適当に指示。レプラコーンBがいつの間にか増やしてたミスリル【スラル】と、番人用にカーディナルAを派遣。ゴーゴー。

ベネトナシュのアラゴルンを参考に作ってみたけど、実戦で使うの初めてー。テストー。

まぁ、新顔はいてもいつもどおり。

ドリームランドに放《ほう》り込んで肉体をタコ殴《なぐ》りでころそ。キルキル。

よーし、夕飯のリクエストで頭使ったし、良い感じに眠くなってきたぞー……。スヤァ。

ぼくもあっち行こー。ドリーミング。

そして安眠妨害は……死刑《しけい》。デスペナァッ。

『それではおやすみ……Ｚｚｚ』

◆◆◆

つまりは、そういう仕儀《しぎ》だ。
喧《やかま》しく、危険であり、無視はできず、苛立《いらだ》たしくて、安眠できない。
それは、彼にとっては殺すのに十分な理由である。
罪人同盟〈デザイア〉が一人、〝睡眠欲《スリープ》〟。
【怠惰魔王】ＺＺＺ《ズイー・ゼー・ソー》はその場にいる者達を敵と認定《にんてい》した。
ゼクス達三人だけでなく、彼らの近くにいるレイまでも巻き込んだが……構わない。
誰《だれ》であろうと、〈超級〉が三人だろうと四人だろうと……関係がない。
ただの一度の敗北もないからこそ、彼は〝監獄〟ではなく縄張りに君臨している。
――まとめて殺す、と【怠惰魔王】は決断した。

第五話 未知なる出会いを夢に求めて

■【夜行狩人《ナイト・ハンター》】 ガーベラ

「……どこ、ここ？」

ミスリル製のモンスターの爆発の余波を浴びた途端に視界が暗転して、気がつくと意味不明な空間に立っていた。

私がいるのは細長くて薄っぺらい道の上。

見回すとそこかしこに同じような薄っぺらい道が縦横無尽《じゅうおうむじん》に延びている。

どこにも土台や柱がなくて薄っぺらで曲がりくねった道だけがある。

色もアスファルトの黒や石畳《いしだたみ》の白じゃなくて、カラフルで現実感がない。

何て言うか、日本製老舗《しにせ》レースゲームの虹《にじ》の道路みたい。

パパと遊んだことあるけど、あのステージ嫌《きら》いなのよねー……。

「下は……見えないわね」

道の端《はし》から下の方を覗《のぞ》き込むと……分厚い雲で何も見えなかった。

……これ、落ちたらどうなるのかしら？

「〝監獄〟……じゃないわよね？」

ついさっきまで収監されていたあそこも、ここまで荒唐無稽《こうとうむけい》な光景じゃなかった。

あの爆発でどこかに飛ばされたのかしら？

現在地を知るためにマップウィンドウを……あら？

「…………出ないんだけど？」

マップウィンドウが開けない。

ていうか、メニューウィンドウも見えなくて、簡易ステータスさえ確認《かくにん》できない。

…………ナニコレ？

「いや、これ……ログアウトとかどうすればいいの？」

ま、まさか何十年も前のアニメみたいに、ゲームに閉《と》じ込められたとか……？

ないわよね……ないって言って……！

「何よこれぇ……。オーナーも、アプリルも、……キャンディさえいないじゃないのぉ……」

ていうか、うちの子《アルハザード》も見当たらないんだけど。

デンドロやってきた中で一番意味分かんない状況《じょうきょう》ね……。オーナー超《こ》えたわ……。

「誰か——……いないの——？」

声を上げても、何処《どこ》まで広いか分からない空間に木霊《こだま》するだけだった。

……仕方ない。とりあえずこの虹の道もどきを歩いていくしかないわ……。


歩きながら、状況について考える。

暗転する前に見た限り、オーナーとキャンディも私と同じように爆発を受けていた。

今ここにいる原因があれなら、二人もここに来ているはず。

……キャンディはともかく、オーナーは万能《ばんのう》だからこの状況でも何とかしてくれるはず。

そのためには二人と合流しないとなんだけど……見当たらないわ——……。

「一人でどうしろって言うのよ——……」

なぜかアルハザードもいないし、今の私ってただのカンスト未満よ？

さっきの【スラル】とかいうモンスターが出てきたら殺されるわ——……。

「誰でもいいから、私以外の人も出てきなさいよ——……。壁役《かべやく》、壁役カモン……！」

そんな風にぼやいていると、

「？」

急に、景色のカラフル度合いが増した。

形容しがたい色の霧《きり》が立ち込め始めて……私の視界を覆《おお》い隠《かく》した。何も見えない。

「なにこれ……怖《こわ》いんだけど……！」

パパのやってたホラーゲームみたいよ⁉

これ大丈夫《だいじょうぶ》⁉　霧の向こうからヤバいバケモノ出てきたりしない⁉

うねってたりグロってたりしない⁉

「――なあ」

「きゃああああああ⁉」

後ろから何かに肩《かた》を掴《つか》まれたぁぁあああああ……！

「落ち着いてくれ！」

「我らは敵ではない」

「……そ、そう？」

その声に、振《ふ》り返る。

何が出てくるか分からない変な場所だし、敵でなければ何でもいいわ。

「ああ。俺《おれ》もここに引きずり込まれた口だからな。俺はレイ。こっちは俺の〈エンブリオ〉のネメシスだ。まぁ、あんたのところのオーナーは知ってたみたいだけどな」

………敵だったわー。

◇◇◇

□【呪術師《ソーサラー》】レイ・スターリング

あのオーラに触れて【強制睡眠】に陥《おちい》った後、気づけばこの空間に送《おく》り込まれていた。

騎乗《きじょう》していたはずのシルバーの姿もなく、心なしか体も軽くて落ち着かなかった。

だが、ネメシスは傍《そば》にいたし、武器化も問題なくできるのでひとまずは安心できた。

その後すぐに不自然で奇妙《きみょう》な霧に包まれ、気づけば先ほど一緒《いっしょ》に眠らされたパーティの一人と遭遇《そうぐう》した。

重傷を負って治療《ちりょう》を受けていた女性だ。

「誰でもいいとは言ったけどぉ……何でぇ……」

ただ、彼女はなぜか俺の方を見て狼狽《うろた》え、頭を抱《かか》えている。

……何か問題があるのだろうか？

『……御主《おぬし》の格好のせいでは？』

ネメシスは何でもかんでも俺の服装のせいにしすぎじゃないか？

服装一つで見知らぬ女性が頭抱えるとかないだろ？

『先日、見知らぬ山賊《さんぞく》が頭抱えて降伏《こうふく》していたではないか』

……アレは俺だけじゃなくて他の三人も強すぎたんだよ、きっと。

「うぅ……こんなときにアルハザードが《うちのこ》いないし……」

「大丈夫か……？」

「……ええ、大丈夫。少し、気持ちを落ち着かせるわー……」

「ああ……」

俺のせいか、この空間のせいか、大分追《お》い詰《つ》められているようだ。

「それで、御主の名前は何なのだ？」

「……私の名前？　ガーベラよ…………………あ」

ネメシスの問いに自分の名前を答えて……彼女は再び頭を抱えた。

「忙《せわ》しない娘《むすめ》だのぅ……」

「……まぁ、こんな状況だし仕方ないさ」

しかしガーベラか。名前には聞き覚えがある。

たしか、兄とルークが戦った〈超級《スペリオル》〉が同じ名前だった。

そのガーベラは完全に察知されない恐《おそ》ろしいガーディアンの使い手であったが、自信過《か》剰《じょう》かつ自己主張の激しい女性だったらしい。

「うぅ……私のバカ。もう、ズタボロじゃない……。やっぱり私が一番ダメだわー……」

……ここでなぜか狼狽えて自分自身を卑下《ひげ》しまくってる彼女とは正反対である。

そもそも兄達が戦ったガーベラは〝監獄〟にいるはずなので、当然別人なのだろう。

蹲《うずくま》った彼女に何と声をかけるか悩んでいると、彼女は涙目《なみだめ》でこちらを睨《にら》んだ。

「……何でそっちはそんなに落ち着いてるのよ……？　急に眠らされて、訳分かんない場所に連れてこられたのに……」

何で落ち着いてる……か。

まぁ、何でかと言えば……きっと経験済みだからだな。

「……寝《ね》てる間に宗教団体のアジトに拉致《らち》されてたこともあるからな」

「ええ……なにそれ怖《こわ》い……」

うん。改めて考えると滅《め》茶《ちゃく》苦《ちゃ》茶《》怖いよな、それ。

「理《り》不《ふ》尽《じん》なトラブルには慣れっこだから落ち着いてるってこと？」

「そうなる」

「それ、慣れていいものなの……？」

「…………」

慣れない方がいいのだろうが、慣れてしまったのだから仕方ない。

それにトラブルだけでなく、もう一つ経験済みのこともある。

「ついでに、こういう空間も初めてじゃない」

「え……？　この不思議空間を知ってるの？」

ガーベラの問いに頷《うなず》き、答える。

「ここは――夢の中だ」

ガーベラが『何言ってんだコイツ』みたいな顔になったが、事実だ。

「……ゲームの中じゃなくて？　ていうか、ダイブ型のＶＲＭＭＯって既《すで》に夢の中のようなものじゃない？」

「デンドロの中だよ。けど、その中での夢……アバターが【強制睡眠】や【気絶】になったときに送られる空間だ」

過去に数回経験している。両手の【瘴焔手甲《しょうえんてつこう》】……ガルドランダと、最近ではあの斧《おの》によって夢の空間でアバターを動かしたことがある。

「ああ。そういうこと……」

「けど、普通《ふつう》は自分以外の人間はいないし、〈エンブリオ〉すらいないこともある。けど、今は俺《おれ》だけじゃなく、ネメシス……俺の〈エンブリオ〉やあんたもいる。だからここは、夢だけれどただの夢じゃない」

「つまり？」

「誰かが……恐らくは【怠惰魔王《ロード・アケディア》】が俺達《たち》の夢を繋《つな》げているんだ」

「……それ、繋げる意味ある？」

彼女の言いたいことは分かる。眠らせて、攻撃《こうげき》すればいいだけじゃないかってことだ。まだ沢山《たくさん》の【スラル】が残っていた。殺すだけなら眠らせるだけでいい。

「ああ。俺達を始末するだけなら、夢を繋げる必要はない。だから、これはきっと何か別の目的があるはずだ……」

あるいは、この空間そのものが俺達を眠らせることにも関わっているかもしれない。

「分かんないことが多すぎるわ……。オーナーなら何か知ってるかもしれないのに……」

「そういえば、一人だけなのか？　他にも仲間がいたはずだけど」

「……それ、私が知りたいわよ……」

ともあれ、今は俺達だけで進むしかない。夢の中の道がどこに通じているかは分からないが、ここはひとまず進んでいくしかないだろう。

俺とネメシス以外に、ガーベラという同行者も見つかったのは不幸中の幸いか。

「……変なことになったわー」

しかし、彼女はなぜか複雑な表情で俺についてくるのだった。

◆◆◆

■夢の中

「で、ゼッちゃんはこの〈エンブリオ〉の情報は知らないのネ？」

「ええ。この私が戦ったことのある【魔王《ロード》】は、【暴食魔王《ロード・グラ》】ディス・サティスファクタリィだけですから」

【怠惰魔王】によって繋げられた夢の中で、ゼクスとキャンディは合流していた。

二人がいるのも、レイとガーベラが合流した場所と同じような道の上だ。

「スキルも、〈エンブリオ〉も、彼女とはまるで違《ちが》うことしか分かりません」

「同じ【魔王】でそんなに違うモノなのネ？」

「ええ。【暴食魔王】はこうした搦《から》め手《て》ではなく真っ向から戦うタイプです。個人戦闘《せんとう》型、あるいは広域殲滅《せんめつ》型でしたね」

キャンディは「勝った？」と聞こうとして、止《や》めた。その時点ではゼクスが収監されておらず、【暴食魔王】が今もまだこちらにいる。という状況が一つの答えだったからだ。

（引き分けかな？）

どの時点のゼクスと戦ったのかは分からないが、少なくとも【暴食魔王】はゼクスと互《ご》角《かく》以上の戦闘能力を持っていたらしい。

であれば、同盟者にして同格と目される【怠惰魔王】も相応の力を持つということだ。

「で、この夢っぽい空間の検証についてだけども」

「推測通りなら、この空間ではかなりの不利を強《し》いられることになりますね」

「特に、GODは今回役立たずになりそうなのネ」

キャンディは〈エンブリオ〉であるレシェフをクルクルと回しながら、溜息《ためいき》を吐《つ》く。

レシェフの放出口から風が吹《ふ》き出すような音は聞こえるが、細菌《さいきん》が吐き出されている様子はない。

「空っぽになってるのネ……。作ろうとしても、作った端から消えていくのネ」

「思考力を持たない細菌は、この空間に存在できないということですね」

ここは夢の中。夢を見るモノだけが存在できる空間であるがゆえに、レシェフの細菌はここに入っていないし、作ろうとしても存在できない。

そして夢の中で作ったものが現実に現れるわけでもない。

引きずり込んだ【怠惰魔王】もこの相性《あいしょう》を想定したわけではないだろうが、ドリームランドはレシェフを完全に無効化していた。ミスリルを分解する細菌が効果を発揮しなかったのもこれが理由かもしれなかった。

「細菌も第一世代はレシェフのうちなのに……。スライムのゼッちゃんはいるのに不公平なのネ。細菌差別なのネ」

「差別と言うよりは区別かもしれません。その区別の意味は【怠惰魔王】自身に聞くしかないでしょうね。区別と言えば、アプリルもこちらにはいないかもしれません」

アプリルに思考力はあるが、彼女は人ならざる煌玉人《こうぎょくじん》である。

ここで『アンドロイドは電気羊の夢を見るか？』などと古典ＳＦのタイトルを持ち出すまでもなく、恐らくはアプリルはここにいないだろうと考える。

そもそも、この夢の入り口である【強制睡眠《すいみん》】の状態異常が彼女《かのじょ》には無縁《むえん》だからだ。

スリープ状態になることはあっても、それとこれは全く異なると言える。

「ですが、きっとその方がいいでしょう」

「……だよねー」

ゼクスの言葉に、キャンディが強く頷く。

「アプリルが外にいないと、眠《ねむ》ったまま〝監獄〟に逆戻《ぎゃくもど》りなのネ」

◇◆◇

□■アルター王国南端《なんたん》・国境山林

『…………』

アプリルは両腕《りょううで》のワイヤーを振るい、迫《せま》るミスリルの【スラル】を迎撃《げいげき》していた。

彼女は独り、数多《あまた》の【スラル】を相手に立ち回っている。

彼女の所有者であるゼクスも、仲間であるガーベラやキャンディも、突如《とつじょ》として意識を失ってしまったからだ。

ゆえに、戦闘用煌玉人である自らの役目として、彼らを守るために奮闘《ふんとう》している。

この場を離《はな》れるという選択肢《せんたくし》はなかった。

アプリルは姉妹機《しまいき》であった【黒玉之追跡者《ジェット・チェイサー》】と違い、高速戦闘があまり得意ではない。

三人を抱えたまま逃《に》げ切れるとは考えていなかった。

『……！』

《マテリアル・スライダー》によってミスリルの防御力《ぼうぎょりょく》を極限まで落とし、ワイヤーで引き裂《さ》いていく。

だが、バラバラにしてもなお砕《くだ》けたまま【スラル】は近づいてこようとする。

それを蹴《け》り飛ばし、眠っているゼクス達《たち》から引き離す。

アプリルの前に素材となった金属の防御力は意味をなさないが、しかしこの尋常《じんじょう》ならざる生命力には手子摺《てこず》っている。

『…………』

そして彼女とは別に、空中では一騎《いっき》の煌玉馬がその背に主《あるじ》を乗せたまま、翼《つばさ》を持つ【スラル】の攻撃を回避《かいひ》し続けていた。

見知らぬ騎体。だが、その作りから自らの創造主である初代フラグマンが手ずから作成したモノであるのは明白だった。

シリーズが違うために姉妹機という実感は薄《うす》いが、二〇〇〇年を経てここで遭遇したことに、アプリルの演算回路は奇妙な感覚を抱く。

『援護《えんご》』

それゆえか、アプリルは《マテリアル・スライダー》の対象を空中の【スラル】にも広げ、投石によってシルバーを襲《おそ》う【スラル】を迎撃した。

『…………』

シルバーからの返答はないが、物陰《ものかげ》からガーベラに迫っていた【スラル】の破片《はへん》に対し、空気の壁を作ることでそれを阻《はば》む。

今の両者の立ち位置は異なるものの、その指示を下す所有者達は夢の中。

ゆえに、アプリルとシルバーは互《たが》いが守ろうとしている者を、協力して守り合うことに決めたのだった。

『……G・i』

その様子を、番人の【スラル】であるカーディナルAは後方でただ眺《なが》めていた。

まるで、何かを待つように……。

◇◇◇

□【呪術師】レイ・スターリング

かれこれどれくらい夢の中を歩いただろうか。

夢の道の周りにカラフルな雲が密集していることもあり、進んだ距離《きょり》が分かりづらい。

ガルドランダや斧に見せられた夢の前例からすれば、夢の中の時間と外部の時間は同じではない。恐らくは夢の中の方が速く進むはずだ。

「というか、そうじゃないと今は体の方が死にかねない」

この空間では各種ウィンドウさえ呼び出せないので確認できないが、体の方が【スラル】に襲撃《しゅうげき》されているかもしれない。

最悪、夢の中を彷徨《さまよ》っているうちにデスペナルティ……ということもありえる。

「……でも、今は進むしかないか」

起きようと強く念じても、自分を攻撃しても、目覚めることはできなかった。

眠りに落ちる前に【快癒万能霊薬《エリクシル》】や《逆転》さえも無効化されていた。

強固な眠りの原因がこの道の先にあるのかは分からないが、それでも状況の変化を望むならば少しでも前に進まなければならない。

「前向きねー……」

夢の中の同行者であるガーベラは、何だか死にそうな顔をしているがついて来ている。

彼女の表情がそこまで暗い理由は、夢に囚《とら》われたことだけではない。

この夢の中に彼女の〈エンブリオ〉がおらず、しかもどういう理由か武器さえも取り出せなかったからだ。

ネメシスはいるのに、なぜ彼女の〈エンブリオ〉はいないのか。不明なことは多い。

「うぅ……戦う力もないし……デスペナになってあそこに逆戻りかも……」

遠方でセーブしたのだろうか？

「まあまあ。体の方はともかく、夢の中なら俺が戦うから任せてくれ」

敵が出るかは分からないが、ネメシスもいるので戦うことはできるはずだ。

「でも、索敵《さくてき》だけは手伝ってほしい」

「索敵……」

「さっき事情を聞いたとき、狩人系統をいくつか取ってるって言ってただろ？」

「ああ、うん……。まぁ、分かったわ……」

「助かる」

ここまで訳の分からない空間だとどこから何が飛び出してくるかも予測がつかない。

警戒《けいかい》する人間は多いに越《こ》したことはない。

そうしてまた先に進み始めて、ふと気になった。

「そういえば最初見たときに大怪我《おおけが》してたけど、何があったんだ？」

あのときってまだ【怠惰魔王】は襲撃してなかったはずだしな。

一体何があってあんな大怪我をしていたのか。

「…………………………」

ガーベラは天を仰《あお》ぎ、何事かを考えていた。

それはどう説明するか悩んでいるようだったが、なぜか足が震《ふる》えている。

そうして、彼女は悩んだ末に答えを返してきた。

「……ど、ドリルで回されて」

「そんなことある⁉」

どういう経緯《けいい》でそんなことに⁉

「だ、だいじょぶだいじょぶ……ただの〈エンブリオ〉との接触《せっしょく》事故（？）だから……」

「怖い事故だな……」

ドリルの〈エンブリオ〉もそりゃいるだろうけど……。

そういえばハンニャさんのサンダルフォンもドリルっぽくなるな。

まぁ、ハンニャさんはギデオンにいるだろうから関係ないけど。

「……御主も色々あったが、ドリルはないのぅ」

「そうだな。体が砕け散ることは最近何回もあったけど」

「えぇー……」

ガーベラが引いていた。

だが、【獣王《ベヘモット》】やら重兵衛《じゅうべえ》やら斧やらで、近頃《ちかごろ》は頻繁《ひんぱん》に体が砕ける。

ネメシスの進化に変な影響が出ないか少し心配だ。

「……うちのオーナー以外にもいるのね、よく体が砕ける人」

「？」

オーナーってあの女の人？　あの人の体が砕ける？

ああ、でも女化生先輩《せんぱい》並に回復能力あるならいけるか。女化生先輩もフィガロさんに切り飛ばされた腕《うで》を治したりしていたし。

「のぅ、レイ、ガーベラ。あれは何だと思う？」

そんなことを話しているとネメシスが右側……曲がりくねった道の外を指差した。

そこにはいつの間にか、長方形の雲が浮《う》いている。

明らかに不自然な形であり、俺達の注意はそちらに向けられる。

すると、その雲が光り……あたかも街頭テレビのように映像を映し始めた。

『…………』

そこに映っていたのは……一体のバクだった。

正確には、バクの着ぐるみを着た人物だった。

見覚えはないが既視感《きしかん》はある。言うまでもなく、うちの兄だ。それかカルル。

「……そういえば、前に兄貴も言ってたっけな」

着ぐるみを常用している〈超級〉がレジェンダリアにもいる、と。

名は確かＺＺＺ《ズィー・ゼー・ゾー》だったはず。きっとこのバクがそのＺＺＺで……。

『こんにちは。ぼく、ド○えもん』

違った。

というか、ツッコミどころしかない名前だった。

率直《そっちょく》に言って、駄々《だだ》滑《すべ》りしている。

「猫《ねこ》の着ぐるみを着て言えよ。せめて狸《たぬき》」

「馬鹿《ばか》なんじゃない……？」

「……こちらでも度々《たびたび》聞く名前だのぅ、ド○えもん」

三者三様の反応を返すと、自称《じしょう》ド○えもんはうんうんと頷いた。

『ええ、そうです。ぼくはド○えもんではありません。ＺＺＺです。【怠惰魔王】です。やったね。うわぁーい。でもどら焼きは好きー。こっちにもあるからいいよねー』

バク……ＺＺＺは譫言《うわごと》のように寝惚《ねぼ》けた口調でそう言った。

まるで徹夜《てつや》続きのような、どこかバランスの悪い精神状態のようにも感じられる。

だが……。

『ところで《真偽判定《しんぎ》》を持っている人がいたら確認するけど、機能した？』

「…………え？」

ガーベラが首を傾《かし》げ……ハッとしたように目を見開く。

狩人系統の【罠狩人《トラップ・ハンター》】は罠《わな》を設置するジョブであると共に、罠を見破るために《真偽判定》もスキルレベルは低いが持っていると聞いた。

ならば、あの明らかな偽名《ぎめい》に対して……《真偽判定》は効かなかったということか。

『はいはーい。それも含《ふく》めてこれから夢の世界《ドリームランド》のルール説明です。説明面倒ですが、スキルの発動条件なので説明しないとだめです。誰かに任せたいなー。でも説明はぼくしかできない縛《しば》り……めんどいよーめんどいー。同時中継《ちゆうけい》でもめんどいー……』

ＺＺＺはどこかから取り出した枕《まくら》に顔を埋《うず》めながら、面倒くさそうにしている。

だが、仕方ないというように話を再開した。

『まず、この夢の世界では、感覚系のスキルが機能不全を起こしますよー。まぁ、夢ですからね。素の感覚で頑張《がんば》ってくださいい。夢なので痛覚と味覚と嗅覚《きゆうかく》はないですけど。もう食べられないよと食べる必要ないです。味しません。でも触覚《しよつかく》はあります。視覚もありま

す。聴覚《ちょうかく》もあります。だけどエッチな夢じゃないです。の○太さんのエッチー』

何がだ。

ツッコミを入れようにも、早口で隙《すき》がない。

面倒くさがっているわりにがっつり話してる。

あるいは、面倒だからさっさと終わらせようとしているのか。

『次に、意思のないものは持ち込《こ》めません。まぁ、完全器物でも〈エンブリオ〉なら大丈夫ですが、普通の装備品はあるように見えるだけで存在できません。逆裸の王様です。の○太さんのエッチーパートツー』

……こいつはド○えもんが好きなのか嫌いなのか。

「……〈エンブリオ〉なのにうちの子がいないんだけど?」

『知りませんよパッドさん。じゃあ次々』

「誰がパッドよ⁉」

『あ、ごめんね。パッドも今ないんだよね。よかったね。見た目変わらなくて。胸がストーンしなくて』

「……ぶっ殺す!」

「落ち着け!　あれは映像だ!　道から落ちるぞ!」

武器がないので素手《すで》で飛び掛《か》かりそうになっていたガーベラを羽交《はが》い締《じ》めで押《お》さえる。

ステータス的には大差ないらしく、結構苦労した。【瘴焔手甲】のSTR補正がなかったら止められなかったかもしれない。

……ん？　何か……肌《はだ》の感触《かんしょく》が。

「この夢の中では装備が見た目だけと言うのなら、素肌《すはだ》にホログラムみたいなものではないかのぅ……」

「「…………」」

そっとガーベラから体を離すと、ZZZに振り上げていた拳《こぶし》が俺の顔面に落とされた。

解《げ》せぬ……。

『注意したばっかりなのにー。あ、そうだ。言うの忘れてたし分かってるだろうけど、君らを眠らせたのはぼくのドリームランドね。眠る条件はドリームランドに触《ふ》れることー。あの不思議カラーのオーラです。我ながら目が痛いー』

ZZZはバクの着ぐるみ越しに呆《あき》れたような視線を寄越《よこ》しながら、説明を続行した。

『ドリームランドには射程距離《きょり》があります。ぼくやぼくの被造物《ひぞうぶつ》……まー、最近は【スラル】だけど、そいつらが周りから全部いなくなったら目覚めることができます。さーちあんどですとろーいしてね。ねてるからできない』

あの【スラル】達は、ドリームランドの力を飛ばすアンテナのようなものか。

そしてアンテナがある限り力は途切《とぎ》れず、目を覚ますことはできない。

……待て、それってどう足掻《あが》いても眠ったまま殺されるんじゃないか？

「……フッ。残念だったわね、寝惚けバク。うちのアプリルは（多分）寝てないわ！　ロボットだもの！　煌玉人だもの！　すごく強いわよ！　今頃《いまごろ》は【スラル】とかいうバケモノ共を蹴散《けち》らしてるはずよ！」

だが、ガーベラがＺＺＺに指を突《つ》きつけながらそう言い放った。

先ほどまでのダウナーさはパッド云々《うんぬん》の怒《いか》りでどこかにいっているらしい。

あと自分がどうこうじゃなくて、他力本願なこと言ってるから強気な可能性もある。

『ふーん』

だが、そんなガーベラの言葉にも……ＺＺＺは特に思うところはないようだった。

自身の戦術を覆《くつがえ》されかねないというのに、一切《いっさい》動じていない。……何かあるのか？

『最後に、この夢の世界で死ぬとアバターがデスペナになります』

「え⁉」

ガーベラが驚《おどろ》いて聞き返すが、ＺＺＺは構わずに映像の向こうで手を振っている。

『説明終了《しゅうりょう》。それではみなさんさようなら。ぼくはぐっすり眠ります。ぐーぐーすやすやグッドナイト』

映像は消えて、画面代わりの雲は雲散霧消《うんさんむしよう》した。

後に残された俺達は、何と言っていいのかも分からない。

「……なんかキャンディより捉《とら》えどころない奴《やつ》だったわ」

「キャンディ？」

「………あ。……え、えーっと……ほら、飴《あめ》ってうっかり落としちゃうから」

なんだか目が泳いでいるが……。

「砂がつくと悲しいのでよく分かるのぅ……」

「……お前、落とした飴食ったりしてないよな？」

「…………しておらぬ」

顔を背《そむ》けているので、少し怪《あや》しい。

こいつの場合、『飴なら水で洗えばセーフ！』とかやってそうだな。

「それにしても、あのバクは随分《ずいぶん》とおしゃべりだったわね……。手の内を明かすなんてバカのするこ……と……」

そう言った後、なぜかガーベラはまた頭を押さえて蹲った。

耳を澄《す》ますと、震えた声で「昔の私のバカぁ……」と言っているのが聞こえた。

昔、何か失敗したのだろうか？

「何で説明したかと言えばそれがスキルの発動条件で、……ここが夢だからだろうな」

「夢だから？」

「周りの景色、さっきよりもハッキリしているだろ？」

周囲を見れば、周りの雲が……視界の不確かな部分が晴れている。

それにいつの間にか道も空中に浮いてこそいるものの、真っすぐになっていた。

「俺達の頭の中にない情報を新たに教えられたことで、俺達の頭の中でもこのドリームランドが成立し始めたってところか」

夢は、脳内の情報を整理する際に見るものだと言われている。

デンドロで見る夢がリアルの夢と全く同じかは分からないが、ドリームランドと名を冠《かん》された力が夢の原理を含んでいる可能性はある。

スキルを使うのに説明が必要、というのはそういうことだ。

そして俺達にドリームランドの情報を伝えたことで、このドリームランドは本領を発揮し始めるということだ。

だが、風景がクリアになった以外は、今のところは変化が見られない。

「……まぁ、何にしても待っていれば起きられるのは分かったわ」

「ああ。さっき言っていたアプリルって煌玉人のことか」

インテグラからも名前は聞いている。

フラグマンが手掛《てが》け、人工知能を搭載《とうさい》したスタンドアローンの機械人形だと。カルチェラタンの〈遺跡《いせき》〉から現れた煌玉兵は、煌玉人の量産型として作られたとも聞いた。

……しかし、あの一見すると人間にしか見えないアプリルから、どうすれば量産の段階で煌玉兵になるのかは分からない。

煌玉馬からセカンドモデルになるよりも外見の差が激しい。

「ええ。さっきの説明が嘘《うそ》でなければ、アプリルが【スラル】を全部片づけてくれるもの。そしたら起きられるわ。……今更《いまさら》だけど他力本願ねー」

『だが、あっちには神話級金属の【スラル】もいるぞ』

地竜《ちりゅう》を模した緋色《ひいろ》の【スラル】。あれは間違《まちが》いなく別格の強さだ。

「神話級金属って言っても、硬《かた》いのが利点の相手なんてアプリルのカモだもの……」

ガーベラは緋色の【スラル】を脅威《きょうい》には感じていない様子だった。

恐らく、俺の知らない相性の良さがあるのだろう。

であれば、彼女の言うように待っていても起きられるかもしれない。

「………………」

だが、奇妙な不安があった。

本当に、待っているだけで助かるものなのだろうか、と。

相手は〈超級〉にして、【魔王】。二つの頂上に到達《とうたつ》した手合い。それが『眠らない相手がいる』、『神話級金属に対処できる』だけで簡単に攻略《こうりやく》されるのだろうか？

「それに……」

それに、アイツははっきり言っていた。

『夢の世界で死ぬとデスペナになる』、と。

つまりは……この夢の中にも俺達《おれたち》を死に至らせる要因があるということだ。

「兎《と》に角《かく》、待っているだけじゃまずそうだ。夢の中で俺達にできることがないかを……」

「レイッ！」

そのときだった。

警告するような鋭《するど》い声音《こわね》と共に、ネメシスが大剣《たいけん》に変じて俺の掌中《しょうちゅう》に収まる。

その動作が意味することを、俺はよく知っていた。

「敵か！」

『ああっ！　上だ！』

見上げれば、小さな点のような影《かげ》が見えた。

雲が消えて視界がクリアになったからこそ、その落下がはっきりと見える。

「ガーベラは下がってくれ！」

「……言われなくても下がるわよ……！」

その間にも、上空から落下してくる点は大きくなってくる。

やがてその形も……色までも、視認《しにん》できた。

視認、できてしまった。

「どういう、ことだ……！」

俺が目視した情報に疑問を持つ間に、それは俺達の前方数十メートルの位置に落下した。

夢の道が揺《ゆ》らぐことはなかったが、それでも落下地点は幾《いく》らか砕け、罅割《ひびわ》れている。

『……Gi』

着地で舞《ま》い上がった粉塵《ふんじん》の先に……緋色の巨体《きょたい》が見え隠《かく》れする。

落下してきたそれは……剣を生やした竜に酷似《こくじ》している。

それは紛《まぐ》れもなく――あの神話級金属の【スラル】だった。

「……何で、夢の中《ここ》に？」

外にいるはずのモノがこの夢の中にも存在し……俺達に狙《ねら》いを定めていた。

□【呪術師《ソーサラー》】レイ・スターリング

突如として上空から落下してきた緋色の【スラル】。

それは夢に落ちる前に見たモノと同じ姿をしていた。

違いは玉虫色のオーラ……ドリームランドを帯びているかいないかだ。

俺達に向けられた顔に眼球はないが、しかし明らかにこちらをロックオンしていた。

両腕の刃《やいば》を擦《こす》り合わせ、火花を散らしながら一歩一歩近づいてくる。

『――――GiGiGi』

「……ど、どうするのよ?」

狼狽《ろうばい》するガーベラの問いに対し、前に出ることで答える。

「さっきも言っただろ。俺が戦う。ガーベラは下がっていてくれ」

彼女は眠る前からダメージを受けていたし、今は〈エンブリオ〉もいない。武器さえも持《も》ち込めていない。
だったら、俺が戦うしかない。
『だが、こちらも万全《ばんぜん》ではないぞ』
「分かってる！」
両腕と、両脚《りょうきゃく》と、背中。
それぞれの装備を一瞥《いちべつ》して、考える。
「ここでも使えるかは、実戦で試《ため》すしかないな……」
『鎧《よろい》では受けるなよ！　確実に肉に届く！』
言葉を交《か》わす俺達に向けて、緋色の【スラル】はその速度を上げていく。
超音速《ちょうおんそく》ではないが、しかし……シルバーがいない俺よりはずっと速い。
加えてこちらはまだ夢の世界での感覚のズレを感じ、わずかだがいつもより鈍《にぶ》い。
「ちぃ！　《煉獄火炎《れんごくかえん》》！」
いまだ距離がある間に、左手の【瘴焔手甲《しょうえんてっこう》】を起動する。
はたして、炎《ほのお》は放たれた。
やはり、意思があるのが明白だった【瘴焔手甲】はこの夢の世界でも使用できる。
煉獄の炎が、接近する緋色の【スラル】の表面を撫《な》でた。

『……Gi』

――しかし、ダメージは与《あた》えていない。

『火力が足りぬ！』

「神話級金属……厄介《やっかい》な！」

俺は距離を詰《つ》めてきた【スラル】の攻撃をかろうじて回避しながら、神話級金属の特性について聞いた話を思いだす。

END換算《かんさん》で数万というEND特化超級職《スペリオル・ジョブ》にも匹敵《ひってき》する強度を持つこと。

加工には超一流の職人による特殊《とくしゅ》な技法が必要となること。

そして、融点《ゆうてん》が極《きわ》めて高く、熱量で形を変えるのが困難であるということ。

これまで戦闘中に融解したケースも数えるほどで、あの【三極竜　グローリア】のブレス、【輝竜王《きりゅうおう》　ドラグフレア】の熱波、【炎　王《キング・オブ・ブレイズ》】の奥義《おうぎ》を受けたときくらいだそうだ。

特に【グローリア】に関しては他のあらゆる物体を蒸発させたブレスを、融解に、留、め、た、ほどの耐熱性《たいねつせい》だ。俺の【瘴焔手甲】では、純粋《じゅんすい》に火力が足りない。

ガルドランダを呼び出し、《零式《ぜろしき》》を当てればあるいはダメージを与えられるかもしれないが……それはできそうにない。

『レイ！』

「分かってる！」

今の攻防《こうぼう》で、俺自身の消耗を感じた。

普段《ふだん》なら、俺のＭＰとＳＰの消耗《しょうもう》は【紫怨走甲《しえんそうこう》】が溜《た》め込んだ怨念《おんねん》を代価として支払《しはら》う。

しかし今は、それが発動した気配がない。

「【紫怨走甲】……こっちに来ていないらしいな」

今も俺の脚部《きゃくぶ》に装着されているように見えるが、これはＺＺＺ《ズィー・ゼー・ゾー》の説明にあったとおり見かけだけの装備と化している。ウィンドウも開けないこの夢の世界では、装備品が存在するかどうかも使おうとしなければ把握《はあく》できない。

そして【紫怨走甲】は特典武具であっても、意思がないために持ち込めなかった。

《瘴焔姫《ガルドランダ》》をはじめ、俺のスキルの幾つかは消耗を【紫怨走甲】に肩代《かたが》わりさせることが前提。それができなくなった時点で、俺の力は大幅《おおはば》に減じている。

「ッ……！」

咄嗟《とっさ》に黒円盾《サークル》へと変形したネメシスに対し、【スラル】の刃が振《ふ》るわれる。

神話級金属の斬撃《ざんげき》をネメシスは耐《た》えたが……しかし黒円盾の表面には無視できない大きな罅《ひび》が入っている。

『そう何度も受けられぬぞ！』

「ああ……！」
この【スラル】もまた攻略すべき特殊性《とくしゅせい》はなく……シンプルに強靭《きょうじん》な手合い。
先日の【獣王《べヘモット》】には劣《おと》るが、【ギーガナイト《伝説級悪魔》】を優に上回っている。
「……古代伝説級か」
口から漏《も》れた言葉は、二つの意味を含む。
眼前の【スラル】に対する戦力評価。
そして、それを倒《たお》しうるかもしれない俺の手札の一枚について。
だけど……使えるか？
『Gi……』
俺が採るべき選択《せんたく》を考える間に、【スラル】の動きが変わる。
両腕と鼻先、そして尾《お》の刃の緋色が強まり……赤熱化していく。
ミスリルの【スラル】を爆散させた加熱攻撃。
それによって、その身の刃をヒートソードへと変貌《へんぼう》させた。
膨大《ぼうだい》な熱容量を持つ神話級金属だからできる荒業《あらわざ》。
その威力《いりょく》は……【剣聖《ソードマスター》】の《レーザーブレード》を上回ると直感する。
ネメシスの四形態の中で、最も強度のある黒円盾であっても両断されるだろう。

『GiGi……』

まるでモンゴリアンチョップのように、両腕のヒートソードを上段から振り下ろす。

回避するには左右のどちらかに跳《と》ぶ必要があり、しかしそれは罠だと直感する。

どちらに避《よ》けてもその隙を、鎌首《かまくび》をもたげた尾の刃が突いてくるだろう。

だからこそ、俺は右に跳んだ。

俺を掠《かす》めた両腕の刃が夢の道に深い亀裂《きれつ》を作ると同時に、【スラル】の尾が俺を串刺《くしざ》しにしようと迫っている。

『――《カウンター・アブソープション》!!』

だが、黒円盾の状態であれば《カウンター・アブソープション》を使用できる。

ネメシスによるスキル発動が間に合い、尾の一撃《いちげき》のダメージを光の結界が吸う。

今、【スラル】の両腕は地に埋まり、尾は結界に動きを吸われた。

一時的に、【スラル】の動きが止まる。

「――モノクローム!!」

その瞬間《しゅんかん》を、見逃《みのが》さない。

俺は纏《まと》った【黒纏套《こくてんとう》】に呼び掛ける。

第一の賭《か》け、俺の呼びかけに応《こた》えるかという賭けに――勝利する。

この夢の世界においても、【黒纏套】は見かけだけでなく存在した。

俺の呼びかけに応じ、左手に砲身《ほうしん》を形成する。

そして、

「――《シャイニング・ディスペアー》!!」

――超熱量《ちょうねつりょう》の光条《レーザー》が、【スラル】へと放たれる。


俺の持ちうる手札では最大の火力、《シャイニング・ディスペアー》。

それでも、神話級金属を破壊《はかい》しうるのかは賭けだ。オリジナルよりも集束されたレーザーの熱量が、【グローリア】の領域に足を踏《ふ》み入れているか否《いな》か。

賭けの結果は――。

『……Gi……』

勝利であり、敗北だった。

撃《う》ち放った《シャイニング・ディスペアー》は、【スラル】に通じた。

神話級金属の体を傷つけることはできた。

だが、当たりが浅い。

咄嗟に【スラル】が身を捻《ひね》ったことで、胸部を狙ったはずの一撃は左腕《ひだりうで》に命中した。

左の二の腕部分が拳大《こぶしだい》の半円に抉《えぐ》れているが……それだけだ。

致命傷《ちめいしょう》には、程遠《ほどとお》い。損傷した左腕も多少ぎこちないが動かせるようだ。

「効いてるじゃない……！　もっと撃って……！」

「生憎《あいにく》と、一発で弾《たま》切れだよ」

「………終わったわぁ」

後ろでガーベラが膝《ひざ》を突いていた。

そうしたくなる気持ちは分かるが、諦《あきら》めるにはまだ早い。

「ネメシス、ダメージカウンターは？」

仮に相手が神話級金属であろうと、《復讐するは我にあり《ヴェンジェンス・イズ・マイン》》なら防御力を無視できる。

頭部か、胸部か、致命部位に打ち込むことができれば勝ち目はある。

『………ない』

しかし……ネメシスの返答は予想だにしないものだった。

「……ネメシス？」

『恐《おそ》ろしく遠くに幽《かす》かな反応があるが、眼前のこやつには微塵《みじん》も反応せん』

「どういうことだ？」

黒円盾で受け、さらには《カウンター・アブソープション》まで使ったのに、ダメージカウンターが蓄積《ちくせき》されていないのは妙《みょう》だ。

ここが夢の世界だからか、それとも別の……。

「ッ……！」

俺の思考を待つことなく、【スラル】は赤熱した刃を振るってくる。

受けることはできないため、ネメシスは黒円盾から黒大剣へとシフト。

相手の斬撃を潜《くぐ》るように、回避《かいひ》するが……左肩《ひだりかた》に熱を感じた。

『レイ！』

「分かってる！」

意趣《いしゅ》返しでもないだろうが、左肩には焼け焦《こ》げた裂傷《れっしょう》ができていた。

ステータスを確認《かくにん》できないが、感覚的に一割は削《けず》れたか……。

「今の分のダメージは？」

『やはり、遠方の反応が強まっている……』

……決まりだ。恐らく、この夢で受けたダメージは眼前の【スラル】ではなくあのバク……【怠惰魔王《ロード・アケディア》】に蓄積されている。

原因が手足の代わりになる【スラル】の性質か、あるいは夢のダメージを実際のダメージに変換《へんかん》するこの〈エンブリオ〉の性質かは分からない。

どちらにしても、【スラル】に対してカウンターは使えない。

シルバーがいないために機動力は大幅に削《そ》がれ、【VDA】やアクセサリーの類《たぐい》がないために生存力も落ち、【紫怨走甲】がないためにガルドランダは呼べず、【黒纏套】の《シャイニング・ディスペアー》は致命打にならず。

トドメにネメシスのカウンタースキルは使用不能。

『……白衣との戦いを思い出すのぅ』

「俺もだ」

諦める気はないが……中々の袋小路《ふくろこうじ》だ。

俺相手にメタを張った【RSK】以上にやりづらい。

意思のない装備品を弾《はじ》く時点であちらに有利なのは分かっていたが、想像以上だ。

現状では攻防一体の体を持つ【スラル】を打破する手段がないに等しい。

「……いや」

一つ……二つ、手がないでもない。

だがどちらにしても賭けになる上に、毛色が違《ちが》う。

一つは実行する時点で生死の賭け。

もう一つはそもそも実現可能かという問題とダメージカウンターの量、そして……。

「時間を稼《かせ》いでよ……！」

そう、時間を稼ぐ必要がある。……うん？

「ガーベラ？」

後ろを振り返れば、俺と【スラル】の戦いから距離《きょり》を取ったガーベラが、切羽詰《せっぱつ》まった顔で何事か呼び掛けていた。

「時間を稼げばアプリルがあっちの【スラル】を退治してくれるはずだから……！　それまで時間を稼いで……！」

そういえば、そんなことを聞いていた。

だが、どうだろう。仮に現実の【スラル】が全滅《ぜんめつ》したとしても、夢の中でこの【スラル】と相対している限りは起きられるか分からない。

……現実で緋色の【スラル】が死ねば、この夢の中の【スラル】も死ぬのだろうか？

両者は明らかに同じモノだ。『現実と夢で一体ずつ、計二体配置されている』のか、『現実のモノが夢の中に入り込んだ』のか、『一体が現実と夢の両方に存在する』のか。

分からない。今の時点ではいずれの可能性もあり得る。もう少し、情報が欲《ほ》しい。

『であればやはり今しばらく耐えるしかあるまい』

どちらにしろ、二つ目の賭けのためにはダメージカウンターも足りない。

相手の攻撃を引きつけ、回復しつつ、反撃《はんげき》の機を窺《うかが》う。

……こういう戦いも、久しぶりだな。

『手札が欠けた戦いだ。基本に立ち返るのもよかろう』

「ああ」

黒大剣のネメシスを構え、俺は【スラル】からの攻撃に集中した。

◇◆◇

□■アルター王国南端《なんたん》・国境山林

夢の中で緋色の【スラル】がレイ達《たち》の前に現れた頃《ころ》。

煌玉《こうぎょく》の名を持つ兵器達と【スラル】の戦いには変化が生じていた。

『敵性対象……残数、一』

アプリルに砕《くだ》かれたミスリルの【スラル】達は、砕かれてもなお動いていたが……時間の経過や更《さら》なる粉砕《ふんさい》によって活動を完全に停止している。

そして残ったのはアプリルとシルバー、眠《ねむ》りについた四人、そして……。

『────G・i・G・i・G・i』

夢の中にいるモノと同じ姿の緋色の【スラル】……ZZZがカーディナルAと呼ぶ個体だけが残っていた。

今まで静観していたカーディナルAは、今も動かない。

だが、両腕《りょううで》の剣を擦り合わせ、火花を散らしている。

それは挑発《ちょうはつ》の動作か、あるいは何らかの攻撃の予備動作なのか。

『戦況分析《せんきょうぶんせき》』

アプリルは考える。

戦闘《せんとう》の最中、自身の所有者であるゼクスに【快癒万能霊薬《エリクシル》】を使用しても目覚めなかった。

そのことから、単純な睡眠《すいみん》ではなく、条件付きの特殊なスキルによるものであるという推測はできている。

それは未知の現象だ。

アプリルはジョブについて、先々期文明で把握されていた情報は全《すべ》て熟知している。

しかし、〈マスター〉との……千差万別《せんさばんべつ》の特異能力者との戦闘経験値は少ない。

所有者であるゼクスやガーベラとの模擬《もぎ》戦、先日の餓鬼道《がきどう》率いる〈六道混沌《りくどうこんとん》〉との戦闘。

そして、先々期文明での彼女《かのじょ》の最後の戦い……〝黒渦《くろうず》の化身《けしん》〟との一戦だけである。

あの戦いでアプリルは全身のエネルギーを完全に奪《うば》われて休眠《きゅうみん》状態に陥《おちい》り、〝化身〟に回収されるに至った。

物理的に無敵と思われた彼女が、搦《から》め捕《と》るように制圧されたのである。

そして、眼前のカーディナルAとバックにいるであろう【怠惰魔王】ZZZに、アプリルは似たような気配を感じていた。

『……戦闘続行』

だが、如何《いか》なる脅威が潜《ひそ》んでいたとしても、所有者の危機を解消するためにアプリルはカーディナルAとの戦いを選んだ。

一息に踏み込み、カーディナルAを《マテリアル・スライダー》とワイヤーの射程に捉え、攻撃する。

『……Gi』

カーディナルAが纏った玉虫色のオーラ……ドリームランドの一部に触れても、アプリル自身に変調はない。ドリームランドは、アプリルに何の影響《えいきょう》も及《およ》ぼさない。

だからこそ、その後の現象は異常だった。

アプリルのワイヤーが、傷一つつけることなくカーディナルAに弾かれたのである。

『……?』

おかしい、とアプリルは考える。

ENDや物体強度を減算する彼女の《マテリアル・スライダー》は作動している。

それも〈六道混沌〉との戦いでのマイナス四〇〇〇を遥《はる》かに上回る、マイナス三〇〇〇〇という減算を周囲に与えている。

逆に、彼女自身の強度はEND換算で五〇〇〇〇オーバーだ。

両者の激突《げきとつ》は発泡《はっぽう》スチロールと鋼鉄がぶつかり合うようなもの。

たとえ神話級金属であろうと、傷つかない訳がない。

だが、その結果を覆す何かが、カーディナルAには起きている。

『推測。付与《ふよ》効果による強度上昇《じょうしょう》』

アプリルは考える。神話級金属に耐久力《たいきゅうりょく》強化を付与することで、未《いま》だ《マテリアル・スライダー》でも削りきれないだけの強度を保持しているのかもしれない、と。

しかし、打つ手はある。

『白銀の兄弟。下がりなさい。危険です』
レイを背に乗せたシルバーに指示を出し、下がらせる。
同時に倒れた三人の位置も確認し……問題はないと判断する。
未だ攻撃が通じないほどの強度を相手が保持しているならば、やることは一つ。
『――リミッター解除』
――より苛烈《かれつ》に、強度を下げるのみ。
『《マテリアル・スライダー》……』
煌玉人の二号機にして、最初の戦闘用煌玉人でもある【金剛石之抹殺者《ダイヤモンド・スレイヤー》】。
名称《めいしょう》の由来でもある、物理防御《ぼうぎょ》を無為《むい》とする万物《ばんぶつ》の抹殺圏《まつさつけん》。
そのスキルの名は――。
「――《金剛抹殺《ダイヤモンド・スレイ》》」
瞬間、不可視の力場が彼女の周囲に浸透《しんとう》する。

彼女自身の出力を最大限まで高めて放つ改変兵装の超絶稼働《ちょうぜつかどう》。
スキルの効果を受けて、彼女の周囲の世界が崩《くず》れていく。
石木が自重はおろか物体としての結合さえも支えきれず、折れ砕けながら塵《ちり》になる。
彼女の立つ地面の土さえも、より細かな粒子《りゅうし》……砂へとなり果てていく。
ミスリルの【スラル】の残骸《ざんがい》さえ、銀色の灰へと変わっていく。
それは、半径五〇メテルに対して行使される――マイナス二〇万オーバーの超《ちょう》デバフ。
神話級金属であろうと、自壊《じかい》は免《まぬが》れない。
先々期文明において、この効果を受けて砕けなかった存在はいない。
仮に音速で飛翔《ひしょう》する弾丸《だんがん》だろうと、彼女に届く前に砕け散るだろう。
それほどのスキルの影響下で……。

『……GiGiGi』

――それでもなお、カーディナルAは傷一ついていなかった。

『…………異常値』

アプリルは眼前の異常を認識《にんしき》しながらもワイヤーを振るい、再度の攻撃を実行する。

砂の城よりも脆《もろ》くなっているはずの体は、今もなおアプリルのワイヤーを弾く。

まるで、真に無敵とでも言うかのように。

『…………』

アプリルは理解する。

眼前の相手は、物理的な強度とは異なる法則によってその体を維持《いじ》している。

それゆえに……自分では打倒《だとう》できない類の力であろう、と。

最悪のケースを想定し、アプリルはこの場からの離脱《りだつ》を考える。

彼我《ひが》のスペック、安全に離脱するには三人の内の何人までを連れていけるかを計算する。

そんなとき……。

『……Gi……』

前触《まえぶ》れもなく、カーディナルAの左腕《ひだりうで》が破壊《はかい》された。

半円形に溶融《ようゆう》するように、二の腕に当たる部分が抉れている。

まるで……熱線でも受けたかのように。

それは明らかにアプリルの《マテリアル・スライダー》による破壊痕《あと》ではない。

だが、アプリルがいくら計算してもそのようなダメージを与える要因は、周辺環境《かんきょう》のどこにも見当たらなかった。

どこかアプリルには観測できない領域で、カーディナルAはダメージを負っていた。

『…………』

アプリルは判断を改め、離脱ではなく今しばらくの時間稼ぎへと方針を転換《てんかん》する。

相手の無敵性を解明できるか否かを見極《みきわ》めるために。

結果として、夢の中と外の両方でカーディナルAと相対した者は見に回った。

それが吉《きち》と出るか凶《きょう》と出るかは……今の彼《かれ》らには分からない。

◆◆◆

■【遊迷夢実《ゆうめいむじつ》　ドリームランド】・内部

「「…………」」

レイ達とは別の道にゼクスとキャンディは立っていた。

彼らの周囲の光景も、今はクリアになっている。ZZZがレイ達に対して説明を行っていたのと同じ説明……と言うよりは同時中継《ちゅうけい》で彼らも聞いていたのである。

二人はレイ達のように口を挟《はさ》むことはなかった。ただ説明を聞いて理解しただけだ。

あるいは、レイよりも幾つか先まで。

「……すっげー意味のない説明だったのネ」

キャンディは不機嫌《ふきげん》な顔でそう言い放つ。

「このドリームランドが意思のないモノを受け入れていないことなんて、こっちは先刻承知なのネ。こっちで殺されたら死ぬとか、条件を達成しないと目覚めないとか、それも聞くまでもないことなのネ。情報のメリットがないのに、あっちのスキルが使えるようになったってことなのネ」

そしてキャンディは溜息《ためいき》を吐《つ》き愚痴《ぐち》をこぼす。

「はぁ。しかも、スキル自体の説明は一切《いっさい》なかったのネ」

手の内を明かした？

否、時間が経《た》てばそうと分かることを伝えただけで、手札を晒《さら》してはいない。

元より有利だった相手が、さらに有利になっただけだ。

「ゼッちゃんもそう思ったのネ。……ネ？」

キャンディはそこで、ゼクスが口元に手を当てて何事かを考えていることに気づいた。

「……矛盾《むじゅん》している」

それは先刻の情報について吟味《ぎんみ》している……という訳ではない。

「何が矛盾してるのネ？」

「説明を必要とする〈エンブリオ〉であること、ひいてはこの夢の世界そのものです」

もっと根本的な、疑問だった。

「【怠惰魔王】の人となりについての情報は得ています。怠惰《たいだ》であり、睡眠以外の欲がなく、寝《ね》て過ごしていたい穏健派」

「こっちも似たような情報なのネ」

「であれば、このドリームランドはおかしい。パーソナルに矛盾しています」

「それってどういう……あ、なるほど」

そこでキャンディも気づいた。

「怠《なま》けていたいだけの人間が――夢の中でまで作業を強いられる〈エンブリオ〉を好むはずがない」

基本的に、〈マスター〉は自身の〈エンブリオ〉の力を嫌《きら》わない。

変幻自在《へんげんじざい》のスライムであるゼクスにしても、細菌《さいきん》を生成するキャンディにしても、それぞれの〈エンブリオ〉の在り方を好んではいる。

だが、怠惰に過ごしたいだけの人間が、怠惰の基本であるはずの睡眠時間を作業時間に変えてしまうような〈エンブリオ〉を好むだろうか?

眠らせるだけではなく、力の行使に本人の説明を必要とする〈エンブリオ〉を……。

「どちらかの捉《とら》え方《かた》を誤っています」

怠惰に過ごしたいだけというＺＺＺのパーソナルの読みか。

夢の世界に引きずり込《こ》むというドリームランドの能力か。

どちらか、あるいは両方が実態とズレている。

その結果として、ゼクス達の予期せぬスキルを持ち合わせている。

それこそが——現実においてアプリルを苦しめている力。

名を、《悪夢の王国《ドリームランド》》と言う。

「現時点では情報と検証が足りませんね。ですが……何が来てもおかしくはない程度には考えておきましょう」

「リョウカーイなのネ」

そうして二人は再び道を歩き出そうとして、キャンディがふと気づいた。

「ゼッちゃん。その指、どうしたのネ？」

キャンディが指摘《してき》したのは、ゼクスの左の小指。

それが……ない。

いつからそうなっていたのか、左の小指がなくなっている。

「……もしかして時間経過で体の端《はし》っこからなくなっていく系のスキルなのネ？」

巨大《きょだい》な生き物に丸呑《まるの》みされた気分がして、キャンディは自分の体は無事か確かめる。

だが、当のゼクスは微笑《びしょう》を浮《う》かべたまま、「心配はいりませんよ♪」と言った。

「これは【怠惰魔王】のスキルではなく、この私が自分でやったことですから」

「？」

「そろそろいいでしょう」

ゼクスはそう言って、左手を後方……これまで自分達が歩いてきた方角に向けた。

すると、暫《しば》しのときを置いて、小さなスライムが視界内に入ってきた。

「これって……」

「ええ。ちょっとした検証です。ここに来てすぐに分離《ぶんり》していました」

小さなスライムはピョンとゼクスの手の中へと跳《は》ねて、左手の小指に変じた。

「たしかゼッちゃんのスライムって……」

「ええ。分体のサイズにもよりますが、本体である最大体積の塊《かたまり》から離《はな》れると消滅《しょうめつ》します」

それは〝監獄《かんごく》〟においてレドキングも把握していた欠点。だが……。

「ですが、今の分体は本来の消失距離から一〇倍以上離しても消えていません」

「つまり、距離に関する法則が違うってことなのネ？」

「あるいは実際の体は繋《つな》がったままだからなのか。どちらにしても差異を活《い》かすことはできそうです」

ゼクスがそう言って右手を剣《けん》の〈エンブリオ〉に変えて……自分の首を斬《き》り飛ばした。

直後、残った体はバラバラになり、それぞれが小さなスライムへと変わる。

何体かには羽も付いていた。

「分体を五〇体ほど作りました。これでドリームランドの内部を偵察《ていさつ》することにします。運が良ければガーベラさんか【怠惰魔王】を見つけることができるでしょう」

小型分体の拡散。通常であれば分体が次々に消滅する自殺行為《こうい》だが、距離を離しても分体が消えないのであれば最適の偵察方法である。

そうして、スライムは四方八方へと向かっていく。

中には夢の道から落ち、落下していくモノも何体かいた。

「んー、流石《さすが》のＧＯＤもここまで思い切りのいい手口は使えないのネ」

「私も安全マージンは考えていますから、いずれか一体が距離法則で消滅した時点で引き戻《もど》しますよ。ああ、キャンディさんにお願いが」

「何なのネ？」

「頭、運んでもらえますか？　この私は分体の操作に集中するため、動きにくいのです」

「……ちょっと普段のアプリルの気持ちが分かるのネ」

キャンディは苦笑《くしょう》しながら、ゼクスの頭を抱《かか》えたのだった。

幕間

魔王の支配する村

□■レジェンダリア北端《ほくたん》・〈羊毛種族の集落〉改め〈スロウス・ヴィレッジ〉

レジェンダリアでも王国との国境に近い森林地帯に隠《かく》れるように、小さな集落があった。

集落の周囲にはミスリル製の【スラル】が徘徊《はいかい》し、周囲のモンスターをはじめとする招かれざる客から集落を守っていた。

それらの【スラル】は半ば自律した設定になっており、ＺＺＺ《ズイー・ゼー・ゾー》がログアウトしても集落に残って警備を続けるようになっている。

【魔王《ロード》】の配下がうろつく小さな集落の中心には、魔王城と言うには小さな屋敷《やしき》がある。

この集落では最も大きい建築物だが、王都の貴族の邸宅《ていたく》よりも……あるいは小さな地方貴族の屋敷よりもこぢんまりとしている。

『Ｚｚｚ……』

その小さな屋敷の二階にある寝室《しんしつ》で、ＺＺＺは眠りについていた。

フワフワとしたベッドの上で寝返《ねがえ》りも打たずに熟睡《じゅくすい》している。夢の中でも着ていたバクの着ぐるみが寝袋《ねぶくろ》代わりになっていそうなものだが、構わず毛布がかけられていた。

「…………」

そんな彼の姿を、寝室の扉《とびら》の横でジッと見つめている者達《たち》がいる。

いずれも同じ種族……羊毛種族であり、複数人いるこの屋敷に住《す》み込みの使用人だ。

眠るZZZを見つめる彼女《かのじょ》達の瞳《ひとみ》には安堵《あんど》と、確かな敬愛があった。

【魔王】を見る目ではなく、まるで救世主を見るようであった。

それは間違《まちが》いではない。

彼女達、羊毛種族にとって……【怠惰魔王《ロード・アケディア》】は救世主に他《ほか》ならないのである。

◇◆

頭部に巻き角を持ち、手足と背中に羊のような体毛を生やした羊毛種族。

彼女達の集落はレジェンダリアの北端にあるが、最初からここに住んでいた訳ではない。

レジェンダリアの中央から落ち延びた結果、北端に辿《たど》り着いたに過ぎない。

羊毛種族の体毛、特に若い女性の綿毛は最上級の衣服や寝具の素材として重宝される。

かつて、それを理由に人間範疇《はんちゅう》生物でありながら他の人種から狙《ねら》われたのである。

あたかもレア素材を落とすモンスターのように。

むしろ、モンスターよりも確実にドロップするため、なお性質《たち》が悪かったとも言える。

家畜《かちく》にも近いその立場を良しとしなかったために、彼女達はレジェンダリアの外れにひっそりと移り住み、隠れ潜んで時を過ごすことになった。

それから数百年、彼女達は辺境で時と世代を重ねた。

部族としてレジェンダリアの議会に参加することもなく、忘れられた弱小部族の一つとして生きていた。数多《あまた》の部族がひしめくレジェンダリアにおいても、それは指折りに惨《みじ》めな境遇《きょうぐう》であっただろう。

けれど、良いこともあった。

彼女達が選んだ住処《すみか》が、絶妙《ぜつみょう》であったことだ。

その地域は【螺神盤《らしんばん》】の縄張《なわば》りから、ギリギリで外れていた。

ギリギリで縄張りから外れていたため、生贄《いけにえ》を要求されなかった。

同時に、【螺神盤】を恐れてモンスターもあまり寄ってこない位置でもあった。

だからこそ、数百年もの年月を羊毛種族は静かに暮らすことができたのだ。

しかし、時代は流れ、状況《じょうきょう》は変化する。

【螺神盤】が討伐《とうばつ》されたことで、モンスターの生息域が変化したのである。

それまでは近寄ってこなかったモンスターが、集落の近くに出現するようになった。

彼女達に抗《あらが》う力はない。

部族全体で戦闘職への適性が低いためだ。服飾系《ふくしょく》の生産職、そして【生贄《サクリファイス》】というテイアンにとっては何の役にも立たないジョブへの適性が高いのだ。

だというのに、今現在この地域に生息するモンスターは強い。

それこそ、レベル三〇〇以上の〈マスター〉が適正狩場《かりば》と定める程度には。

誰《だれ》かに守られねば、いずれモンスターに集落ごと食い殺される。

しかし緩衝《かんしょう》地帯に近くともレジェンダリア側であるため、他の縄張りの地域と違って王国に併合《へいごう》されておらず……庇護《ひご》下にない。

レジェンダリアにおいても、隠れ住んでいた羊毛種族は存在しないようなもの。

世に出たところで再び狩《か》られ、刈《か》られるだけだ。

死ぬか家畜かの二択《にたく》。

考えて、彼女達は死を選ぶことになる。

正確に言えば、答えが出ないうちにモンスターが集落の中に入り込んだ。
『家畜になった方がマシだったかもしれない』と考えてももう遅《おそ》い。
狼《おおかみ》に似た魔獣《まじゅう》型のモンスターが羊毛種族を牙《きば》にかけようとしていた。

そんなときだった。
突然《とつぜん》、世にも奇妙《きみょう》で不格好なモンスターの群れが現れ、狼を薙《な》ぎ倒《たお》し始めたのである。
【スラル】という名を持つモンスターが、魔獣型のモンスターを蹴散《けち》らしていく。
その内の一体は、なぜか大きなバクのぬいぐるみを抱えていた。
否、違う。抱えられながら寝返りを打ったそれは……着ぐるみだった。
『……もうたべられないよー……』
ベタな寝言《ねごと》を言うバクに構わず、【スラル】は狼を殲滅《せんめつ》していった。
やがて狼が壊滅《かいめつ》した後、【スラル】はその場で停止した。
羊毛種族の視線は【スラル】……中でも着ぐるみを抱えたモノに集中する。
バクは奇妙な存在だったが、頭上に名の表示はなくモンスターではない。
では、一体何者なのか。

普通《ふつう》なら〈マスター〉の存在に思い至るだろうが、隠れ住んでいた彼女達は〈マスター〉の増加という世界の変化など、知る由《よし》もない。

〈マスター〉は彼女達にとっては伝説の中の存在だ。彼女達が隠遁《いんとん》し始めた三強時代では、〈マスター〉とは【猫神《ザ・リンクス》】シュレディンガー・キャット と同義語だったのだから。

『……Gｉ』

抱えたバクに向けられた視線に気づいた【スラル】は、暫しどう対応するか考えた。

しかし結局、自分では対応できないと判断してバクをつついて起こすことにした。

『むにゃむにゃ……人里ついた？』

目覚めたバクは周囲を見回し、そこが人里であることだけ確認してから……。

『【怠惰魔王】のＺＺＺです。よろしくねー』

そう、自己紹介《しょうかい》した。

羊毛種族は驚《おどろ》いた。名乗られた名前も、また伝説の存在だったからだ。

『食料が切れかけているので、補充《ほじゅう》したいのだけどー。ハングリー。あー、なんか【暴食魔王《ディース》】みたいだわこれー。あ、お金はありまーす。ハウマッチー』

寝惚《ねぼ》けた口調だが、《真偽判定《しんぎ》》に反応はない。

【魔王】を名乗ったことも含《ふく》めて、全ては真実だ。

伝説にある【魔王】、〈神造ダンジョン〉の攻略者《こうりゃくしゃ》。

人知を超越《ちょうえつ》した実力と運否天賦《うんぷてんぷ》を持つ者。

その力を手にした者は、世に混乱を巻き起こすことも多かったという。

だが、【魔王】であっても、彼女達にとっては救世主だった。

「「「………」」」

彼女達は顔を見合わせる。

先刻の、狼に襲《おそ》われた際の後悔《こうかい》。

だからこそ次は間違うまいと、意を決し発言した。

「どうか我々を……あなたの臣下に加えていただけないでしょうか！　命以外、あらゆるものを捧《ささ》げる覚悟《かくご》です！」

『いーよー』

彼女達の命を懸《か》けた申し出への答えは、あっさりとしたものだった。

分かって回答したのかは分からない。

少なくとも、彼女達の境遇については知らなかっただろう。

『じゃあ衣食住はお願いねー。ぼくは寝ますー。スリーピー』

そうして、ＺＺＺは再びスヤスヤと眠り始めた。

かくして、羊毛種族の隠れ里《ざと》は……【怠惰魔王】の縄張りとなったのだった。

◇◆

そのような顛末《てんまつ》があったため、羊毛種族にとってZZZは救世主だ。

ZZZは支配者となった後も食事と寝床《ねどこ》くらいしか求めない。

しかも【スラル】が警備や畑仕事でも尽力《じんりょく》するため、集落の暮らしぶりも良くなった。

羊毛種族にとって、最良の支配者と言える。

だからこそ、不思議でもある。

羊毛種族の中でZZZの専属侍女《じじょ》を務める者の一人が、かつて尋《たず》ねたことがある。

これほどに無欲で温厚《おんこう》なZZZがどうして指名手配されたのか。

そして、どうして【魔王】になったのか。

『指名手配はねー。ぼくが悪いよー。ドリームランドが第七形態に進化した後に覚えたスキルが思ったより広範囲《こうはんい》でさー。都市機能一時的に麻痺《まひ》させちゃってー……。そりゃあ指名手配されるよねーって。ウォンテッドー』

『【魔王】？　ああ、うん。実はぼくって友達いるんだけどさー。ベネトナシュとディスとオメガって言うんだけどー。フレンズー』

『でも三人とも超級《スペリオル・ジョブ》職取っててさー。『いいなー』とか、『うらやましいなー』とか、そういうんじゃないけどー。なんか『置いてかれる?』って思ったらもやーってしてさー。「悪いなＺＺＺ、この超級職三人用なんだ」的な？　超級職って一人用だけどー。ソロプレイー』

『でー。一番取りやすそうなの【怠惰魔王】だから取ってきた』

『ほら、ぼくって寝てれば無敵だからー。スターマリ○ー。ヒアウィーゴー』

そのようにいずれの質問にもあっさりと回答した。

要するに深い理由や欲望の類《たぐい》ではなかったらしい。

だから、重ねて問うた。

「では、どうして眠りたいのですか？」

普《ふ》段《だん》の彼の在り方に対して、放った質問に対して……。

『――眠れないから』

彼は同じようにあっさりと……矛盾する答えを返した。

『ぼくってリアルだとここ、、がぶっ壊《こわ》れて眠れないしー。眠れたらいいんだよ眠れたらー。それが夢なら明晰夢《めいせきむ》でも悪夢でも何でもいいよー。ドリーミング』

自分の頭蓋《ずがい》を指で叩《たた》きながら、あっけらかんとした言い方でＺＺＺはそう述べた。

けれど、その言葉に……深い悲哀《ひあい》が混ざっているような気がした。

だからこそ、彼が安らかに眠れているのならば、きっと彼にとってそれ以上に幸せなことはないのだろうと……羊毛種族は理解したのである。

第七話　負けてもいい戦い

■ＺＺＺ《ズィー・ゼー・ゾー》について

【怠惰魔王《ロード・アケディア》】ＺＺＺは……ＺＺＺのリアルは夢を見た記憶《きおく》がない。

幼少期の事故による、脳の機能障害だ。どれほどに瞼《まぶた》を閉じようと、肉体が疲労《ひろう》の極致《きょくち》であろうと、自然な形では睡眠に至れない。

それこそ薬剤《やくざい》を用い、夢も見ないほどに強力かつ強制的に脳を落とさなければ、彼に眠りは訪《おとず》れなかった。今の時代でなければ、そんな対症療法《たいしょうりょうほう》さえできずに衰弱《すいじゃく》して死んでいたかもしれない。

そんな彼にとって、眠りたい、夢を見たいというのは必然の欲望だ。

生物が生物として必要な三大欲求の一つが、彼には欠けているのだから。

だからこそ、彼が眠るためにダイブ型ＶＲＭＭＯに手を出したのは自然なことだった。

しかし多くのゲームは彼をその世界に入れることすら拒《こば》んでいた。

夢を見るように没入《ぼつにゅう》させるものだけでなく、五感に信号を伝えるタイプも彼の脳が抱えた機能障害によって十全に起動しない。

この解決方法を諦《あきら》めていた彼だが、最後に〈Infinite Dendrogram〉を選んだ。多くのプレイヤーがそうであるように、惹《ひ》かれたとも言える。

結論を言えば、彼は問題なく〈Infinite Dendrogram〉にログインできた。

彼は健康なアバターを得たことで、〈Infinite Dendrogram〉の内部ならば自然と眠りにつけるようになったのである。彼の最大欲求は、そこで叶《かな》った。

だからこそ一つ、ボタンの掛《か》け違《ちが》いが起きた。

〈エンブリオ〉は孵化《ふか》する前に〈マスター〉のパーソナルや願望を読み取り、大なり小なりそれに由来した形をとる。ZZZの場合であれば、パーソナルでも願望でも『眠り』に関したことであるのは間違いなかった。

だが、彼は〈Infinite Dendrogram〉に足を踏《ふ》み入れた時点で、望んだ眠《ねむ》りを手に入れた。

ゆえに、〈エンブリオ〉はそれ以外の形で彼に沿う力を得る。

彼が安楽に眠りたいという欲求を強く抱《いだ》いていたならば、まだ変わらなかった。

きっと快適に眠るための〈エンブリオ〉が生まれていただろう。

だが、彼が望んだのは眠りそのもの。

安らぐ、安らがないではない。

生物として欠けた『睡眠』を埋《う》める欲求こそが、彼の最大の望みだった。

能力に至る必然と動機の欠損が、〈エンブリオ〉の能力に変化を齎《もたら》す。


この現象は、稀《まれ》にあることだ。

かつて、『言葉の隔《へだ》たり』、『思いが正しく伝わらない』、『人の心に歌が届かず、響《ひび》かない』という悩《なや》みを持っていた歌手が〈Infinite Dendrogram〉を始めたことがある。

しかし、〈Infinite Dendrogram〉には完璧《かんぺき》な言語翻訳《ほんやく》機能がある。

彼女の望みはそこで叶い、結果として彼女の〈エンブリオ〉……エデンは『言葉の隔たりを消す〈エンブリオ〉』としては生まれなかった。

『隔たりを消して伝える』……耐性《たいせい》消去の〈エンブリオ〉となって生まれてきた。


ドリームランドも、また同じ。

眠らせるだけの〈エンブリオ〉ではない。

眠った後に、眠る主《あるじ》を守る力。眠らせた後に、眠らせ続ける力。眠ることで、現実から干渉《かんしょう》されなくなる力。眠らせることで、現実を離れた夢に招き入れる力。

即《すなわ》ち、夢の王国《ドリームランド》として、その力を成立させた。

それはエデン同様、主の意図とは少しズレてはいたが……構わない。

自分が眠っている。眠って、夢を見ている。

ならば、それが現実の延長であっても彼は構わない。

本物の夢など記憶にはない。

夢を見ているという事実があれば、彼の心は安らぐ。

彼のパーソナルは休みたい、怠けたいではない。

――眠りたいのだ。

それが休息とイコールでなくても構わない。

そしてその眠りに誰を巻き込み、誰が悪夢を見ていたとしても、構わない。

《悪夢の王国《ドリームランド》》の名のままに。

◇◆◇

□■【遊迷夢実《ゆうめいむじつ》　ドリームランド】内部

レイとカーディナルAの戦闘《せんとう》が開始して、どれほどの時が経《た》っただろうか。

《悪夢の王国》の効果時間三〇分より短いのは確実だが、しかし決して短くもないだろう。

それだけの時間を、レイはよく耐《た》えた。

ステータスで言えば遥《はる》か格上。かつて相対した伝説級悪魔《あくま》の【ギーガナイト】を上回る強敵を相手に、特典武具一つと鎧《よろい》を欠いた状態での戦闘。

さらに【呪術師《ソーサラー》】にジョブチェンジしていたことで回復魔《ま》法《ほう》を除く【聖騎士《パラディン》】のスキルは使用不能という縛《しば》りで、レイは立ち回った。

彼の重ねてきた格上との実戦経験が、それを実現させていた。

だが、それももう限界だった。

「はぁ……はぁ……」

夢の中だというのに、レイは荒《あら》く息を吐いている。

それほどに消耗《しょうもう》は激しく、さらには《カウンター・アブソープション》のストックも既《すで》に切らしていた。回復アイテムも持ち込めないために回復魔法を唱えていたが、決して多くはない彼のＭＰは枯渇《こかつ》寸前だ。

今は最も小型で取り回しやすい第四形態の双剣《そうけん》に切り替《か》えて、回避《かいひ》に集中している。

それでも既に全身は傷だらけで……血塗《ちまみ》れだった。

『Ｇｉ……』

対して、神話級金属で構成されたスラルであるカーディナルＡは疲労しない。

《シャイニング・ディスペアー》で左腕《ひだりうで》の一部を抉《えぐ》られたこと以外は、微塵《みじん》もパフォーマンスを落としていない。

レイが回避しながら放った反撃《はんげき》は、金属表面に多少のひっかき傷を作るのが精々だった。

彼我の差は歴然。格上を相手に耐える戦闘も、ここが限界である。

普段のレイとネメシスであれば、追いつめられた状態からの逆転も期待できただろう。

だが、それは無理だ。

このドリームランドの特性ゆえに、《復讐するは我にあり《ヴェンジェンス・イズ・マイン》》をはじめとするネメシスの反撃スキルはカーディナルＡに効果を発揮できない。

カーディナルＡを倒す逆転の手札そのものが、欠けている。

勝利のヴィジョンはなく、一つの失敗で敗北が訪れる。
あまりにも、心を消耗させる戦いだった。
『…………』
加えてネメシスが気づき、口に出さずにいる懸念《けねん》もある。
それは彼女《かのじょ》を握《にぎ》るレイの動きだ。
彼は格上のカーディナルAを相手によく耐えている。
絶望的な戦力差に心を折らず、心臓が痛むほどのギリギリを潜《くぐ》り抜《ぬ》けて、抗っている。
今のレイ自身の一〇〇％の力で耐えている。

しかし、それは……一〇〇％であってそれ以上ではない。

レイがこれまでの強敵と戦ったときは、一〇〇％の限界を超《こ》えて力を発揮していた。
今回もそうであれば被弾《ひだん》は今よりも少なく、与《あた》える傷も増えていたかもしれない。
だが、今回はそうではない。
夢の中ゆえに五感が僅《わず》かに違うことも理由の一つだろうが、決定打ではない。
ネメシスは、その理由に気づいていた。

なぜなら今日は既に二戦……〈トーナメント〉で同様の戦いを行っていたから。

予選で敗退した〈トーナメント〉と今の戦い、その共通点は……。

（……これは、取り返しのつかない戦いではない）

あの〈トーナメント〉の敗北が、ただ敗退することでしかなかったように。

この戦いは……負けても問題がない。

レイを含めた〈マスター〉がデスペナルティになるだけだ。

これまでにレイが繰《く》り広げた戦い……あの【デミドラグワーム】から始まった数多の死闘《しとう》のように、ティアンの命という戻らないものが懸かった『悲劇』ではないのだ。

だからこそ、レイは真の力を発揮できない。限界を超えられない。

（…………そうか）

ネメシスは今までを振《ふ》り返る。

彼の重ねてきた敗北の多くは、今のように『悲劇』ではない状況だった。

マリーとの戦いも、数々の模擬《もぎ》戦も、月夜《つくよ》との初遭遇《そうぐう》も、……〈トーナメント〉も、だ。

『負けてもいい戦い』で、負けてきたのだ。

思えば、あの〈アニバーサリー〉でも同じことがあった。

華牙《かが》重兵衛《じゅうべえ》との初戦でレイは力を出し切れなかった。

そのとき、レイとの死闘を望む重兵衛は言っていた。

――レイ様の良さを完全には引き出せていない。どうして？

――私には何が足りないのですか？

そして二度目の戦いで彼女が切り出したのは、レイが負けたときにレイの友人であるアルトを殺《PK》し続けるという脅迫《きょうはく》だった。

友人の進退を賭《か》けた戦いになった結果、レイは実力を発揮して……重兵衛を破った。

恐《おそ》らく、重兵衛には分かっていたのだろう。

レイは取り返しのつかない『悲劇』を前にして、初めて真の実力を発揮できるのだ、と。

（……仕方がないのかもしれぬ、な）

彼《かれ》の本質は、『守るために自らが傷つく』こと。

誰かを守るために自らが傷つき、限界を超えてきた。

だが、それは彼の心を痛ませ、身を傷つけて行うもの。

レイを思うネメシスからすれば、決して……良いことではない。

それでも、その無理こそがレイの意思であり、取り返しのつかない『悲劇』が起こってしまえばそれ以上に彼が傷つくと知っている。

だからこそ、『悲劇』を前にすればネメシスもレイを支え、共に戦うことだけを選ぶ。

しかしそれゆえに……今のネメシスは思ってしまう。

（『負けてもいい戦い』でまで……戦い続ける必要があるのだろうか）

直撃《ちょくげき》すれば終わりという状況で、傷もろくに与えられない状況で、いつまで続くともしれぬ状況で、……心身を消耗してまで戦い続ける意味があるのか。

あるいは、もしかしたら、『負けた方が良い結果になるのではないか』と……そんな『ありえない』予感さえもネメシスは抱き始めてしまう。

そして……。

「ねえ……」

それは決して、今のネメシスの心の声を察したわけではないのだろうが。

「――あなた、負けた方がいいんじゃない？」

そんな声が、レイの背にかけられた。

◇◆

時間は、僅かに遡《さかのぼ》る。


レイとカーディナルAの戦いをガーベラは見ていた。

左腕を抉った初手を除けば、あまりにも一方的な戦い。

勝機も何もない。負けるまですり減るだけの戦いであるのは彼女の目にも明らかだった。

（……どうしよう。負けると、今度は私なのよねー……）

ガーベラにはレイ以上に打つ手がない。この空間で使える武器は持ち合わせていないし、アルハザードもいない。

逃《に》げることしかできないが、逃げ続けることはできないだろうと彼女も察している。

（あの上から降ってきたの、多分移動スキルよねー……。この空間自体が〈エンブリオ〉なら、その中の物を動かすスキルくらい持ってそうだし。それこそ、夢の中って『どこにでも行ける』ものじゃない？）

ガーベラの懸念は正しく、ドリームランドには夢の中での配置を操作するスキルも備わっている。

だからこそ、彼女は今の時点では逃げ出さない。

逃げ出してレイから大きく距離《きょり》を取った時点で『より与《くみ》しやすい獲物《えもの》』としてガーベラをターゲッティングし、目の前にカーディナルAを配置移動してくる危険があったからだ。

(あいつはかなり粘《ねば》ってくれてるけど、もういつ負けてもおかしくないし……。あいつは負けても問題ないけど、私は負けたら〝監獄〟逆戻《ぎゃくもど》りだし……。もうどうしたら……)

ガーベラが頭を抱えていると、

『ガーベラさん』

「ほえ⁉」

不意に耳元で声を掛けられ、奇声《きせい》をあげてガーベラは飛びあがった。

声のした方向に勢いよく振り向けば……羽の生えたスライムがパタパタと浮いていた。

「…………オーナー？」

話しかけてきた声と、こんな奇怪《きかい》なスライムは他にいないという事実でガーベラはすぐに察し、レイ達《たち》に気づかれないように小声で確認《かくにん》を取る。

『はい。ようやく見つけられました』

確認が取れ、ゼクス(の分体)と合流できたことでガーベラは安堵したように息を吐《つ》く。

「た、助かったわー……」

『大変だったようですね』

「本当よもう……。アルハザードいないし、胸触《さわ》られるし、装備はないし、いつデスペナになるか分からないし、胸触られるし、……本当に大変だったんだから」

この夢の中に来てからのことを、ガーベラは捲《ま》くし立てる。

ほぼ愚痴《ぐち》だったが……。

『アルハザードがいない？　ああ、それはきっと……』

ただ、その愚痴の一つにゼクスは答えを返す。

なぜ、〈エンブリオ〉など意思のあるものは取り込《こ》まれるはずのこのドリームランドに、アルハザードがいないのか。

その理由を、ゼクスはすぐに察したのである。

そしてゼクスから説明を受けて……ガーベラは納得《なっとく》した。

「なるほど、そういうこと……でもやっぱり今はどうしようもないじゃない」

『そうですね。ですが、問題もないでしょう。位置は分かりましたので、この私の本体もそちらに向かっています。そう時間は掛からずに到着《とうちゃく》しますよ』

その言葉に、ガーベラは今度こそ安堵する。

全身が〈超級《スペリオル》エンブリオ〉であり、様々な〈エンブリオ〉に変身可能なゼクスなら神話級金属相手でも勝つ手段はいくらでもあるはずだ。

この夢の中にゼクスを入れてしまったことが、【怠惰魔王】の敗因になりえるほどに。

「早く来てよねー……。あいつがいつまで耐えられるか分からないし……」

ガーベラはカーディナルAと戦うレイを見ながら、そう言った。

『――いいえ、むしろ耐えていてもらっては困ります』

だが、ゼクスはそれを否定するようにそう言った。

「……え？」

『神話級金属の【スラル】が相手となると、彼に気づかれないように倒すことは不可能です。彼がシュウからどこまでこの私の情報を聞いているかは分かりませんが、戦闘スタイルから察せられる危険はあります』

既に外部での戦闘において、《ランブリング・ツリーウォーク》を用いる剣の〈エンブリオ〉を使っている。

カーディナルAとの戦いには使えない〈エンブリオ〉であるし、それ以外の〈エンブリオ〉を使った時点で、複数の〈エンブリオ〉を使用可能な特異戦力……【犯罪王《キング・オブ・クライム》】ゼクス・ヴュルフェルであると気づかれてしまう恐れがある。

だからこそ、レイがデスペナする前に見られるわけにはいかない。

「じゃあ、あいつが負けるのを待ってから近づくってこと」

『待つのも問題ですね。向こうの肉体をアプリルがいつまで守れるか分かりません。もしもガーベラさんが殺されれば大きな損失ですし、キャンディさんが殺されれば【契約書《けいやくしょ》】の判定次第《しだい》ではこの私も死にます』

つまり、ゼクスが駆《か》けつけるよりも前にレイにはデスペナしてもらい、到着次第《とうちゃくしだい》カーディナルAを撃破《げきは》するのがベストということだ。

「でも、あいつ結構粘ってるけど……」

圧倒的《あっとうてき》不利な状況でも、レイは耐えている。

あるいは、まだ何分かは耐えるかもしれない。

ガーベラがそう考えていると……。

『ですので、ガーベラさんに背中を刺《さ》してもらいます』

ゼクスは事もなげに、そう言った。

「……いやいや、無理よ？　ボウガンどころかナイフもないし」

『刺すのは武器ではなく、言葉です』

そう言って、ゼクスはガーベラにとあることを耳打ちした。

それを聞いてガーベラも『たしかにそれもそうね』と納得して……レイに声を掛けた。

「ねえ……。あなた、負けた方がいいんじゃない？」

◇

「…………」

ガーベラに掛けられた言葉に、レイは振り向かなかった。

振り向く余裕《よゆう》はない。

今もカーディナルAの繰り出す致命《ちめい》の斬撃《ざんげき》を、回避するのに全身全霊《ぜんしんぜんれい》を尽《つ》くしていた。

『な、何を言っておるのだ……！』

だからこそ、ネメシスが代わりに答える。声音《こわね》に混ざる動揺《どうよう》はガーベラの言葉の内容だけでなく、それが自身の考えていたことと一致《いっち》するものでもあったからだろう。

「だって、長引くだけあなた達にとってはマズい状況じゃない。ほら、外にはあなたの装備もあるし、あの馬もいるんでしょ……？　だったら……、耐えれば耐えただけ外の装備や馬が壊されるリスクが増すじゃない」

『それは……』

ゼクスからの受け売りだが、ガーベラもこれについては正しいと思っている。

外の状況は、夢の内にいる誰にも分からない。頑強《がんきょう》さが神話級金属以上のアプリルはともかく、他がどうなっているかなど分からない。

ここで粘れるだけ粘って結局は敗れ去り、長引いたせいで向こうでは装備や愛馬が壊されている。そんなどうしようもない結果も、十二分にあり得るのだ。

ここでの戦いは、レイにとって百害あって一利なしだとガーベラは告げる。

ガーベラの言葉に、ネメシスも納得しかけていた。

負けても失うものはない。精々でランダムドロップ程度。

装備やシルバーを失うリスクは、戦い続けるよりもよほど低い。

だが、粘れば粘っただけ、取り返しのつかない損害を被《こうむ》るリスクは増していく。

「だから、早めにデスペナした方が被害《ひがい》は少ないはずよ……」

ガーベラの言葉には、心配の色が少しは含まれていた。

彼女にとっては仇敵《きゅうてき》の縁者《えんじゃ》。夢に来てから精神的にやらかしてくれた相手でもある。

けれど、ここまで彼女が生きていたのは、磨《す》り減《へ》るようなレイの奮戦があったからだ。

だからこそ、デスペナになってほしいという気持ちとは別に、親切心でも忠告していた。

『レイ……』

「…………」

ネメシスも何と言うべきか言葉にできず、ただ彼の名前だけを呼ぶ。

ガーベラの言葉を聞いて、彼女も納得してしまったからだ。

彼女同様にレイの相棒であるシルバーを失うかもしれない状況。

そして勝利の可能性は限りなく低く、もはやネメシスもレイの力になれない。

だからこそ、ここは『諦める』ことが正解なのではないかと……ネメシスさえも思った。

そして、レイは……。

「ネメシス」

斬撃を回避しながら、静かに相棒の名を呼んで……。

「――俺達《おれたち》は何のためにここに来た？」

彼女に、一つの問いを投げかけた。

『それは……』

「前に死んだのは、【獣王《ベヘモット》】のときだ。みんなと力を合わせても、最後の最後で詰《つ》め切れなかった。扶桑先輩《ふそうせんぱい》がいなければ、あそこで何もかも終わっていたかもしれない」

言葉に詰まるネメシスに対し、レイは言葉を続ける。

「あれからもっと強くなろうとして、強くなって……けれど今日、レイレイさんには完敗した。何もできないほどに。だから……ここに来た。少しでも強くなるために」

『……そのとおりだ』

ここに……このマップに来たのは、強くなるためだ。

敗北によって自分達の力の不足を感じたからこそ国境に来た。

ゼクス達とZZZの騒動《そうどう》に巻き込まれたのは偶然《ぐうぜん》だが、居合わせて巻き込まれるに至った動機は彼らにあった。

「【魔王《ZZZ》】との戦いは偶発的《ぐうはつてき》なものかもしれない。何かに巻き込まれただけかもしれない。ここで敗れても、失うものはないかもしれない。あるいは、戦うことでシルバーが傷つき、失うかもしれない」

ガーベラの言葉を、レイも肯定《こうてい》する。

彼自身は、とっくに分かっていたのだ。

今回ばかりは負けた方が得であるなど、重々承知だった。

「それでも……敗北は選ばない」

それでも……戦い続けた。


『レイ……』

「勝ち目が薄《うす》い。勝利が見えない。小数点の彼方《かなた》ですらないかもしれない」

それでも戦う、と彼は言い続ける。

「この戦いが絶対に勝たなければならない戦いではないとしても……そんな戦いは必ず来る。遠からず来る。絶対に勝たなければならない戦いは……来るんだ」

それは、皇国との〈戦争〉。彼がこの〈Infinite Dendrogram〉に足を踏み入れたその日から巻き込まれ続けた、皇国との最後の戦い。

不可避《ふかひ》であり、決して遠くない日に決戦があると、彼も既に悟《さと》っている。

「だから、敗北は選ばない」

彼は血塗れの顔の両目に強い意志を宿して、言葉を続ける。

「『これは負けてもいい戦いだから』と損益で賢《さか》しい敗北を選べば、いつか来る戦いでも……俺《おれ》は『負けてもいい理由』を探してしまうかもしれない」

心とは、一度折れれば折れ目に沿って二度三度と折れてしまうものだと、知っている。

だからこそ……彼は『自ら折れる』ことだけは選ばない。
彼はこれまで何回も、『負けてもいい戦い』で負けてきた。
だが、ただの一度も――敗北を選んだことはない。
力を尽くして、敗北する結果があっただけだ。
「俺は敗北の瞬間《しゅんかん》まで……勝利の可能性を掴《つか》むことを絶対に諦めない」
そして今も、彼の自由で……最後まで自身の全力で抗《あらが》うと選択《せんたく》していた。
『レイ……、……！』
そうして、ネメシスも気づく。
レイが話している間もカーディナルAは斬撃を放ち続けている。
無機物らしく、レイの言葉に関係なく猛威《もうい》を振るっている。
それでもレイの言葉は途切《とぎ》れない。
そして、カーディナルAの攻撃《こうげき》は当たらない。
死線を潜《くぐ》るように、レイの直感がその斬撃を紙一重《かみひとえ》で、皮一枚で凌《しの》いでいる。
(これは……)
ネメシスは、その状態を誰《だれ》よりも知っている。
レイが繰り広げた数多《あまた》の死闘と同じ。致命の死線を潜り抜ける……限界を超えた強さ。

それが今この戦いで――「負けてもいい」と言われた戦いで発露《はつろ》しかけている。

「そして俺達はただ戦うんじゃない……勝つんだ」

レイの両目に、四肢《しし》に、更《さら》なる力が宿る。

「今までの俺を……俺達を超えて、勝つ！」

カーディナルAの右腕《みぎうで》の刃《やいば》を回避して、双剣の刃で斬《き》りつける。

それは僅か一筋の傷を付けただけだったが、レイはなおも行動し続ける。

回避し、斬りつけ、回避し、斬りつける。

無駄《むだ》とも思える小さな傷でも、その結果に絶望はしない。

勝利への一歩を繰り返す。

その終着点が何百万、何千万歩の彼方であろうと、彼は諦めていないのだから。

「相手が【魔王《ロード》】でも、神話級金属でも関係ない……！」

斬撃を繰り返しながら、レイは吼《ほ》える。

「俺達は……強くなる!!」

それは彼の心からの咆哮《ほうこう》……意志そのものだった。

「……！」

彼の意志を聞いた一人、ガーベラは己《おのれ》の胸を押《お》さえた。

彼の言葉に、かつて最強でありたかったガーベラも思うところがあったから。

最強でありたかったが現実を知って心折れ、妥協《だきょう》して最弱であると卑下《ひげ》して、それ以上傷つかないようにしたのが彼女だったから。

ずっと気分を沈《しず》ませていたのは、かつてのように浮《う》かれれば落ちたときにより痛いから。

けれど、そんなガーベラでも……レイの言葉に何も思わない訳にはいかなかった。

「…………」

彼の意志を聞いた一人、ゼクスは笑っていた。

分体を通して見聞きしたことに、首だけの本体が微笑《びしょう》とは違う笑《え》みを浮かべていた。

親友であるシュウと同様に、弟のレイもまた自分を貫《つらぬ》く人物だったから。

ゼクスの入れ知恵《ぢえ》に折れていれば、何も思うことはなかっただろう。

けれど折れなかったからこそ……ゼクスはレイにも興味を抱いた。

彼の意志を聞いた一人、ネメシスは泣いて、笑っていた。

ああ、自分は酷《ひど》い思い違いをしたものだと、武器の姿では見えぬ心で泣き笑い。

言われるまでもなく、まず自分自身が理解すべきだったと反省する。

反省して、気を取り直して、心の中で立ち上がる。

もはや迷いはなく、後ろを向く暇《ひま》もない。

レイの望みも、意志も、再確認した。

であればやることは一つだ。


――俺達は強くなる。


ああ、そうだ。『俺達』なのだ。レイが自らは自覚していなかった限界を超えて勝とうと言うのなら、ネメシスもまた強くならねばならない。

ゆえにネメシスは求める。力を、更なる進化を、新たなる自分を。

彼女の奥底《おくそこ》に蓄積《ちくせき》されていた経験値とリソース、〈マスター〉と彼女の意志が、メイデンとアポストルに残された特殊《とくしゅ》進化システム――■■Lを起動させようとしたとき――。


『――汝《なんじ》、力を求めるか？』

――彼の意志を聞いた一本の斧が、先んじて問いかけた。

第八話　右手に最高を、左手に最強を

□■昔々

遥かな昔、一つの〝世界〟が生まれるよりも前。

先代管理者、神、あるいは〈無限職《インフィニット・ジョブ》〉とも呼ばれる存在の一柱は自らの創《つく》りだした物を前に悩んでいた。

その存在……〈鍛冶屋《スミス》〉は同類と共に一つの〝世界〟を創り上げようとしていた。

彼らは手分けして〝世界〟という箱庭を、情報の集合体を組み立てる。

〝世界〟の土台を築いた者、今では古龍《こりゅう》と呼ばれるモノをはじめとするモンスターを揃《そろ》えた者、数多の資源を揃えた者、ジョブというシステムを組《く》み込んだ者、ジョブの受け手にして雛《ひな》である人間範疇《はんちゅう》生物を創った者、管理代行者《アーキタイプ・システム》を用意した者、〈終焉《ゲームオーバー》〉と呼ばれる試練を設定した者など、手分けして〝世界〟というプログラムを創っていた。

そんな中で〈鍛冶屋〉が用意しようとしていたのは、たった一つの武器だ。

特殊超級職《スペリオル・ジョブ》、そう呼ばれる特異な存在のための武器。
特殊《とくしゅ》超級職に至るための、そして特殊超級職が用いるための武器。
試練である〈終焉〉を打倒《だとう》し、世界の終わりを回避するための可能性。
言うなれば、世界最強の武器。
〈鍛冶屋〉は同類から武器の作成を任され、創意工夫《そういくふう》の全《すべ》てを用いて傑作《けっさく》を創った。
しかし、彼は迷いの淵《ふち》にあった。
たった一つの傑作を創り上げるはずだったのに、彼の眼前には二つの武器。
創意工夫の全てを発揮した結果……一つに収まらず二つ創ってしまったのである。

一つの始まりを刻むもの。
在るべき形を変容させ、エネルギーさえも切り捨てる両断の刃。
『絶対切断』の理《ことわり》を持つ最強の剣《けん》。

全ての終わりを断ずるもの。
あらゆるものに相反し、確実なる滅《ほろ》びを叩《たた》きつける必滅《ひつめつ》の刃。
『絶対消滅《しょうめつ》』の理を持つ最強の斧《おの》。

一の剣と全の斧。二つの最強の……しかし完成手前の武器を前に〈鍛冶屋〉は思案した。

〈鍛冶屋〉の権能を以《もっ》てしても、完成させられるのはどちらか一つ。

そして未完で終わる武器は、想定する力の『一〇分の一』も発揮できなくなるだろう。

〈鍛冶屋〉にとっては傑作から駄作《ださく》に変わり果てる。

それゆえに悩《なや》んだ。どちらを残すかを悩みに悩みぬいた。

そして……剣を選んだ。


【アルター】と銘打《めいう》たれた剣は、完成した〝世界〟で【聖剣王《キング・オブ・セイクリッド》】や【聖剣姫《セイクリッド・プリンセス》】の名と共に幾度《いくど》か登場した。

先々期文明という巨大《きょだい》文明が滅んだ後でさえも、使い手を見つけて歴史に舞《ま》い戻《もど》った。

世界に誇《ほこ》る最強にして伝説の剣であり、王国の象徴《しょうちょう》。

それこそ、伝記だけでなく童話としてさえ語られるほどに広く慕《した》われる存在になった。

反対に、未完のまま銘《めい》さえも与えられなかった斧は歴史に埋《う》もれた。

使い手が定まらぬままに点々とした。

時にその時代でも有数の武人が振るったが、……彼らは斧の犠《ぎ》牲者《せいしゃ》となった。

斧は、自らを振るった者までも傷つける。

振るった者の体を損《そこ》ない、命すら奪《うば》うこともある。

その惨状ゆえに、斧は呪《のろ》いの武器として忌《い》み嫌《きら》われた。

歴史の中には『呪いの武器ならば』と使おうとした【堕天騎士《ナイト・オブ・フォールダウン》】もいたが、呪いではなく正常な機能としての効果であるために命を失った。

そう、それは正常な機能であり、本来ならば剣も斧も同じこと。

どちらも、使えば『同じ力』を使用者に流してしまう。

それこそRPGの呪いの武器のような……デメリットありきの最強武器である。

選ばれた【アルター】は〈鍛冶屋〉が一度しか施《ほどこ》せない最終工程……【聖剣王】用の仕組みの付与《ふよ》によってデメリットを消しているだけだ。選ばれていなければ、振るうたびに使用者に消えない傷を刻む最悪の剣になっていただろう。

そして選ばれなかったからこそ、斧は駄作。

本来の出力を発揮することは永遠にない。

なぜなら、一〇%でも出力を発揮した時点で……使用者が消し飛ぶ。

振るう者を皆《みな》傷つけて、真の力を発揮することは二度とない。

選ばれなかった時点で、永遠に光の当たらない武器として存在が確定した。

それについて、斧は何も思わない。

選ばれた【アルター】を羨《うらや》みも恨《うら》みもしないが、武器としての本能は存在する。

力を求めるモノに使われたいという、望みだけは残っている。

駄作なりに、未完成ながらも武器として在ろうとしたのだ。

だからこそ、手にする者に力を与える。

そして代償《だいしょう》として体を砕《くだ》き続け、――それゆえに斧の生涯《しょうがい》は、呪いを生み続けた。

振るった者の後悔《こうかい》と苦痛、絶望の怨念《おんねん》を受け続けた。

振るわれて息絶えた者の怨念も、血肉と共に浴び続けた。

使えたように見えた者も、扱《あつか》える以上の斧の力を引き出して死んでいった。

長い歴史の中で、数え切れないほどに繰り返された行程。

触《ふ》れた者達の怨念が積み重なり、天地の妖刀と同じ道理で斧を覆《おお》う。

いつしか……斧の表面は本来の白色ではなく、赤に染まっていた。

〝化身《けしん》〟が管理者となった後も、斧は変わらない。銘を持たぬゆえか、あるいは他の理由からか、〈UBM〉となることすらなく誰にもまともに扱えない武器のままだった。

しかしある時期は別だ。

かの【覇　王《キング・オブ・キングス》】が戦乱の中で斧を手に入れ、振るっていたことがある。

恐るべきことに、【覇王】はその斧を使えていた。

デメリットさえも受け止めて、耐《た》えきって、斧の力を振るっていた。

その一時、斧は斧として……自らの存在理由のままに使われていた。

しかし、ある戦いで斧の一部が欠けたのを見て、「今後、我がこの斧を使うことはない」という言葉と共に……斧は宝物庫に仕舞《しま》われた。

【覇王】が消えた後、宝物庫のある業都《ごうと》が戦乱の中で主《あるじ》を次々に変えた後も、その斧だけは手付かずだった。正確に言えば、迂闊《うかつ》に手を付けた者が死んでいった。

しかし、【邪神《ジ・イーヴィル》】が業都を居城としてからは、【邪神】の眷属《けんぞく》の一体が斧を武器とした。

使い手となった眷属は【覇王】のようには斧を使いこなせなかったが、斧によるダメージと拮抗《きっこう》する再生能力を持っていたために斧を振るうことはできた。

また、自分が扱いやすいように、力の方向性を定める呪いの布を斧に巻き付けた。

眷属は存分に斧の力を発揮し、人々に恐怖《きょうふ》を与《あた》え続け、怨念はより蓄積された。

だが、この使い手も消え失《う》せる。【聖剣王】と【邪神】の決戦の折、斧は【元始聖剣】と名を変えた【アルター】と戦い、使い手ごと敗れ去ったのである。

それが、斧の最後の戦いだった。

戦いの果て、限度を超《こ》えて蓄積した怨念によって刃は幾重《いくえ》もの赤黒い錆《さび》に覆われた。

戦いの後、斧は、【聖剣王】の妻である当時の【超闘士《オーヴァー・グラディエーター》】フレイメル・ギデオンが実家に移した。彼女《かのじょ》の実家であるギデオン家には呪われた武具の保管庫があるため、そこに収蔵したのだ。

それからは【教皇《ハイエロファント》】や【聖女《セイント》】を含《ふく》めた幾人もの聖職者が解呪《かいじゅ》を試みたが、誰にも呪いは解けないまま現在まで死蔵されることとなる。

数百年の歴史の中で、【邪神】に関する情報の意図的な消去により来歴すらも失われ、斧はただの呪いのオブジェに成り果てた。

世界の始まりから存在した斧は、このまま誰にも扱えない呪われた存在として、世界の終わりまで保管庫のアイテムボックスで眠《ねむ》りにつくと思われていた。

……レイ・スターリングによって解放されるまでは。

◇◆◇

□【呪術師《ソーサラー》】レイ・スターリング

『――――汝、力を求めるか？』

その声は、音ではなく……俺の頭の中に直接響《ひび》いてきた。
同時に、頭の中に膨大《ぼうだい》な情報が流《なが》れ込んでくる。
今朝に夢見た斧の記憶《きおく》と、そこから繋《つな》がる幾つもの場面。
斧が長い時間の中で、数多くの使い手を傷つけ続けてしまったこと。
使い手の出現と、その使い手から手放されたこと。
怪物《かいぶつ》に扱われ、俺が見た黒い布を巻きつけて使われたこと。
そして、【アルター】を持った誰か……アズライトのご先祖様に敗れたこと。
最後には……俺の顔が見えた。
同時に――俺の眼前にいる敵の姿【スラル】も。
「これは、……ッ！　しまっ……」

受け止めた情報に混乱し、一瞬《いっしゅん》だが動きが完全に止まる。

これまでギリギリで回避《かいひ》していた【スラル】の斬撃を喰《く》らってしまう。

「……？」

……そう思ったが、その斬撃は俺に当たっていなかった。

正確には、【スラル】の動きが止まっている。左の刃を振《ふ》り上げたまま停止していた。

【スラル】だけじゃない、ネメシスも、ガーベラも、俺の体さえも……俺の思考以外の一切合切《いっさいがっさい》が止まってしまっている。

世界さえも、色が消失したかのようなモノクロだ。

けれど、俺は違《ちが》う。まるで幽体離脱《ゆうたいりだつ》のように、半透明《はんとうめい》の俺が自分の体を見下ろしている。

「なんだ……これ？」

まさかこれも【怠惰魔王《ロード・アケディア》】のスキルか？

でも、それだったら俺の思考だけを自由にする意味がない。

じゃあ、これは……。

『然《しか》り。我と汝の間でのみ高速の情報交換《こうかん》を行っている』

先ほどの声……いいや、あの斧の声は俺の心の声に応答してそう説明した。

まるでネメシスとの念話のように。

けれど、姿は見えない。

「情報交換……さっき見えたのも、それか？」

『然り。我の持ちえる我の情報を、汝が許容できる形で伝えた』

早送りのダイジェストだったし、言葉などは聞こえず、映像のイメージが伝わっただけだ。登場人物の殆《ほとん》どは、誰かさえも分からない。見覚えのある【アルター】と肖像画《しょうぞうが》が残っているアズライトのご先祖様、……それと俺自身だけが誰だか分かった。

それでも、こいつがどのように時を経てきたのかは……理解できた。

……未完成だったために、そのようにしか過ごせなかったのだと。

『理解の後、問いを繰《く》り返す。汝、力を求めるか？』

斧は、再び同じ言葉を俺に投げかけた。

『我が力を得れば汝は傷を負う。我の力は諸刃《もろは》、振るえば同じ力で傷つくだろう』

「お前……」

斧は、己の仕組みを俺に伝える。

その仕組みゆえに恨まれ続けても、折れず曲がらず、己の在り方を変えていない。

……愚直《ぐちょく》な奴《やつ》だと、心から思う。

「先に、こっちから質問していいか？」

『許容する』

「……何で、今ここで聞いてきたんだ？」

俺がお前を手にしたときも、初めて振るったときも、レイレイさんの戦いのときも、何も言っては来なかっただろうに。

『理由は二つ。一つは、この空間の特異性ゆえ』

「ドリームランドの？」

『汝の記憶によれば、ここは意思ある者しか辿《たど》りつけぬ空間。我が身《み》を縛《しば》る呪布も、我が身が纏《まと》う混濁《こんだく》の怨念も、ここには存在しない。ゆえに、我が意思で動くことができる』

現実でこいつが何も言わなかったのは、あの膨大な怨念や布のためだったってことか。

夢の中ではこいつの意思で動けるのならば、こいつが語り掛《か》けてきたのも今が初めてではない。あの夢こそが、俺への最初の呼びかけだったのだろう。

『二つ目の理由は、汝だからだ』

「俺だから？」

まるで俺の言葉に頷《うなず》いたかのような間の後、斧は言葉の続きを述べる。

『一度我を振るい、その身を砕かれた。夢を見て、我の生まれを知った。我が理由で、戦いに敗れた。それでもなお、汝は我を手放さぬ。我に傷つけられてもなお、汝は我の力を求めている。そのような者は決して多くはない。我が来歴を通して、三名のみ』
それはきっとあの王のような男と、怪物のような者と、俺なのだろう。
『ゆえに、我は汝に再び問う。我が力が汝の身を砕くとしても、我が力を求めるか？』
その問いに対して俺は……。
「俺が身を砕いて引き出せるお前の力はどれくらいだ？」
一つの決定を前提とした問いで返した。
俺の問いに、斧は少しだけ沈黙《ちんもく》して……。
『情報交換した汝の記憶に、我の回答と近しい言葉があった』
そして斧は、答えを返す。
『――あの【スラル】に勝てる可能性がある』
それは……かつてのネメシスの言葉と似ていた。
「――上等だ」
だからこそ……俺の返す言葉も一つだった。

力を求め、その力にも納得《なつとく》した。だから……この言葉のみが答えになる。

俺はリスクごと、こいつを背負《せお》い込《こ》むと決めた。

元より、【スラル】との戦闘《せんとう》でこいつを使うことも考えてはいた。

ただ、使えば手足がなくなるだろうし、それで神話級金属を砕けるかも分からなかった。

だが、勝てる可能性があるならば……それに賭《か》ける。

「まだ約束の銘は思いついてないけど、いいのか？」

今朝約束した銘だが、流石《さすが》にまだ思いついていない。

『それはいずれ、現実の我が解き放たれ、汝が真の使い手となった時に……』

「そうか。じゃあ、良い名前を考えておくよ」

『期待する』

やがて、モノクロだった世界が色づいて――。

◇◆◇

――世界が動き出した瞬間に、俺の眼前で【スラル】が刃を振り下ろしていた。

□■【遊迷夢実《ゆうめいむじつ》　ドリームランド】内部

緋色《ひいろ》の刃が振り下ろされる瞬間を見ていた全員が、レイの死を悟った。

足を止めたレイ、回避の失敗、ついにしくじった綱渡り《つなわた》り。ガーベラも、ゼクスも、カーディナルAも、……ネメシスさえもレイが直撃《ちょくげき》を受けたと察した。

なぜなら、カーディナルAの腕《うで》は振り下ろされている。神話級金属の赤熱刃は、まるでケーキ入刀のようにドリームランドの道に深々と差し込まれている。

その刃の軌道《きどう》にあったレイの体は、両断されてしまっている。

すぐに彼《かれ》の体は二つに分かれて、無惨《むざん》に道に転がるだろう。

誰もが、そう思った。

「あいつ、……きゃあ!?」

可愛《かわい》らしい悲鳴と共にガーベラが飛び退《の》いたのは、その直後。

何かが飛んできて、咄嗟《とっさ》に避《よ》けた拍子《ひょうし》に出た声だった。

「な、何なのよ……？」

ガーベラは狼狽《うろた》えながら、自分の方に飛んできたものを見る。

「…………え？」

それは——圧《へ》し折られた赤熱刃だった。

神話級金属が……市販《しはん》のカッターナイフのように圧し折れていた。

『………Ｇｉ？』

カーディナルＡも、遅《おく》れて自らの異常に気づく。

自らの一部であるはずの左の刃を見れば、半ばから失われていた。

下半分は地に切り込んでいるが、しかし獲物《えもの》を捉《とら》えるはずの上半分はこの有り様。

『——右は、次で終わりだ』

「——分かった」

——そして両断されなかった敵手は、再度の攻撃に動いていた。

『!?』

カーディナルＡは、咄嗟に左腕《ひだりうで》で頭部を庇《かば》った。

本来であれば全身の防御力《ぼうぎょりょく》は均一であり、急所を庇う意味などない。

そもそも、この身を易々《やすやす》と砕けるはずもない。

だが、疑似的《ぎじてき》とはいえ生物ゆえの本能が、左腕を敵の攻撃に差し出していた。

直後、破壊《はかい》音と共にカーディナルAの左腕が砕け散る。

神話級金属であるはずのその身が、氷像のように粉砕《ふんさい》される。

『………!?』

カーディナルAは、混乱の只中《ただなか》にあった。

だが、敵手の……レイの左手にあるネメシスもまた混乱の中にある。

『れ、レイ……！ その、右腕……！』

ネメシスが見たレイの右腕は、内側から砕け散っていた。

骨は粉砕され、血管は弾《はじ》け飛び、筋肉は断裂《だんれつ》し、神経は異常を吐《は》き出し続けていた。

もはやレイの右腕は、辛《かろ》うじて腕の形をなした血袋《ちぶくろ》でしかない。

それでもなお、彼の右手は《瞬間装備》で手にした一本の武器を握《にぎ》りしめている。

――純白の斧を、掴み続けている。

「……あっちよりも反動が軽いな。二回振ってもまだ俺の右腕が残ってるぞ」

『然り。現在の我は制御《せいぎょ》が利《き》き、現在は神話級金属を破壊するに足る程度の出力しか発揮していない。対して、現実の我は怨念と呪布により先代使用者に最適化されている。

『《選刃》《セレクト》は物理と闇《やみ》属性に限定され、出力も今よりよほど高い。反動の差も歴然だ』

純白の斧——夢の世界ゆえに現実の怨念と呪布を置き去りにした斧はそう述べた。

一度《ひとたび》振《ふ》りかぶった時点で右腕が砕け散った現実の斧よりは反動が軽いと言っても、右腕は既《すで》に右腕ではない。それこそ、司祭系超級職でもなければ回復は不可能なダメージだ。

ティアンの戦士であれば再起不能の重傷。嫌悪《けんお》されても当然のデメリット。

だが、レイはそれでもなお……笑って斧を掴み続ける。

己の体が砕けても、それでも前を見ていた。

いつかの〝最強〟との戦いのように。

『れ、レイ……これは、あの斧を？』

「ああ。ネメシス、左右を持ち替《か》える。落ちないように、お前からしがみついててくれ」

『……うむ！』

レイの言葉にネメシスが応じて右手に、斧が左手に移る。

同時にネメシスが僅《わず》かに形状を変えて、レイの右手に自らを固定させる。

「さて、あの【スラル】を倒《たお》せる可能性は出てきたが、左手で振れるのもあと二回か」

斧の力に浮かれもせず、右手の損傷も気に掛けず、レイは勝つための思考を巡《めぐ》らす。

反動ダメージを考えれば二回だが、【出血】などの傷痍《しょうい》系状態異常でＨＰの継続《けいぞく》低下も発生している。最悪、二度振るう前に命が尽《つ》きる。
対して、あちらは左腕を失ってもまだ右腕と尾《お》がある。
同じように庇うだけで、レイは二回の攻撃チャンスを使い切る。
また、これまでは回避する必要がないためにその身で受けてきたカーディナルAだが、
斧の攻撃力《こうげきりょく》を見た時点で回避を実行してもおかしくはない。
空振《からぶ》りでも同様に反動ダメージは受けてしまう。
頭部や胴《どう》といった急所を二回振る間に破壊できるかは、賭けだった。
『……Gi』
カーディナルAもレイに対して思考する。突如《とつじょ》として自らに届く攻撃力を解禁したが、
それが諸刃の剣ならぬ諸刃の斧であることは一目で分かる。
このまま逃《に》げに転じれば、継続ダメージだけで死ぬだろう。
だが、逆に一度でも攻撃を当てればその時点で勝負がつく。
カーディナルAが考えたのは、最初に使われた《シャイニング・ディスペアー》。
あの熱線とこの斧、既に二度も隠《かく》し玉を出してきた相手。
逃げに徹《てつ》して時を置けば、さらなる隠し玉を使ってきかねない。
最悪、カーディナルAではなく創造主である【怠惰魔王】に牙《きば》が届く。

それだけは避《さ》けねばなるまいと、カーディナルAは守勢ではなく攻勢を決定する。

射程の長い尾を使い、攻防一体の攻撃で仕留めんとする。

「……ところで、斧」

『何か』

「さっき、最適化とか物理と闇属性に限定とか言ってたが、お前ってもしかして……」

お互《たが》いに殺傷しうる手段を手にしたことで、殺し合いへとステージが上がったこの瀬戸《せと》際《ぎわ》に、レイは三度目の質問を斧に行った。

「……じゃないか？」

『然り。ゆえに我が理は『絶対消滅』なり』

「なるほど。だったら……」

斧の回答にレイが一つの活路を見出《みいだ》したとき、カーディナルAが動いた。

伸長《しんちょう》した尾刃《びじん》により、レイの首を落とさんとする。

ここで仕留められれば最善、諸刃の斧を使わせれば次善、回避で体勢を崩《くず》しても良し。

どう転んでも、カーディナルAにとっては状況《じょうきょう》を好転させる一撃の結果は、

「――つまり、こういうこともできるってわけだ」

――レイが振るった斧でカーディナルAの尾刃を切り飛ばす。次善の結果となった。

『Gi……！』

好機と見て、カーディナルAが距離《きょり》を詰《つ》める。

右腕の刃を前に差し出しながらの突撃《とつげき》。迎撃《げいげき》に斧を振るえばそれでレイには打つ手がなくなり、死に体になった状態を頭部の刃で串刺《くしざ》しにできる。

――しかし、カーディナルAは咄嗟にその足を止めて、後方に飛び退いた。

そうさせたのは、やはり本能。

何かを致命的《ちめいてき》に間違《まちが》えたという予感が、カーディナルAにその行動をとらせた。

飛び退いたカーディナルAの右手があった場所を、白い斧の刃が空振りで過ぎ去った。

尾で一度、空振りで一度。左腕で斧を振るえる回数は使い切った――はずだった。

「やっぱりいけるな……これ」

だが、レイの左腕は……いまだ無傷でそこにある。

出血もなく、砕けてもいない。

代わりに……左腕全体が黒い布に包まれている。

『……Ｇｉ？』

カーディナルＡには理解できない。

あれは反動がある、デメリット武器の一種ではなかったのかと。

だが、次いで一つのことに気づく。

先刻断《た》ち切られた自らの尾の断面が……赤熱していた。

まるで、初手でレーザーに撃《う》ち抜《ぬ》かれたときのように。

左腕を砕かれた物とは明らかに違う傷、熱量による熔断《ようだん》。

『《選刃《セレクト》――光《シャイン》》』

それをなしたのは――やはり、純白の斧。

しかし斧の色は白であったが、元の純白とは異なっている。

まるで【剣聖】の《レーザーブレード》のように、白い輝《かがや》きを刃に纏わせていた。

「できた、か……」

《選刃《セレクト》》。

それこそが【アルター】と並び、傑作となりうる可能性があった斧の力。

あらゆる存在・エネルギーを切り捨てる『絶対切断』の【アルター】。

対して、斧の理は『絶対消滅』。

正反対のエネルギーをぶつけることで、あらゆる事象を対消滅させる。

斧はティアンや〈マスター〉にとって未知のモノも含め、全属性の力を使用可能なあらゆる事象へのカウンターウェポン。

相手と対になる属性でなくとも、純粋《じゅんすい》なエネルギー量で対象を破壊することも可能だ。

光熱によって対象を焼き焦《こ》がし、蒸発させる光属性の力もまた同じ。

しかし、それを使えば使い手もまた肉が蒸発するほどの光熱を受けることになる。

デメリットを与える諸刃の力は不可避《ふかひ》である。

何者も、自らが振るう武器の仕組みから逃《のが》れることはできない。

だが、受け止めることはできる。

「……上手《うま》く嵌《はま》るもんだな」

レイは自らの左腕を見ながら、そう呟《つぶや》く。

左腕を包む黒布こそは……【黒纏套《こくてんとう》】。

——光を完全に吸収する特典武具だ。

今の二度の使用でも、反動のエネルギーは斧から腕に伝わっている。

だが、【黒纏套】が光属性の反動を受け止め、吸収している。

加えて、左手の【瘴焔手甲《しょうえんてっこう》】は《煉獄火炎《れんごくかえん》》の放射機構ゆえに高い耐熱性《たいねつせい》を持つ。

光熱と空間の余熱、その両方を二つの特典武具でほぼ受けきっていた。

即《すなわ》ち、レイは光属性の力ならば、ほぼデメリットなく使用できるということだ。

「これで反動を気にせず戦える」

この結果、レイとカーディナルAの戦いは五分の条件になったと言える。

お互いに致死《ちし》の攻撃力を持ち、先に相手の命を仕留めた方の勝利だ。

『どうにも……急に状況が変わりすぎて私も飲《の》み込めぬ』

しかしネメシスは、斧が現れてからの状況の怒涛《どとう》の変化に、そんな言葉を漏《も》らす。

自身では破壊することが敵《かな》わなかった神話級金属を、斧は容易《たやす》く破壊している。

レイの武器として何だか彼を取られてしまったような気持ちもある。

『……いつか攻撃力で負ける武器が来るとは思っておったが、少しきついものだのぅ』

『最強たらんとして生まれた我が力に若輩《じゃくはい》の武器が劣《おと》るは必定』

『誰《だれ》が若輩か！　喧嘩《けんか》売っておるのか白い新入り！』

『若輩は事実である。そも、喧嘩という概念《がいねん》は同レベルの者同士でしか発生せず、我らには該当《がいとう》しない。理解を求める、黒色の若輩よ』

『言わせておけばー！』

「……右と左で言い争いしないでくれるか？」

二人（？）の言い合いに挟《はさ》まれて、レイは苦笑《くしよう》しながら窘《たしな》める。既視感《きしかん》のあるやりとりを思い出し、『白いの相手だとネメシスってこうなるのか？』と思いもする。

『だが、だがレイよ！　さっきからこやつばかり使われておるし！　それにこやつが来たせいで進化が止まってしまった気がするのだが！』

「焦《あせ》るなよ」

彼女の中で萌芽《ほうが》しかけた力が、再び眠りについたのは〈マスター〉のレイも感じていた。

だが、それでもいい。

既に、可能性は掴《つか》んでいる。

「今の戦いの勝利への可能性も、俺《おれ》とネメシスの新たな可能性も、もう見えてるだろ？」

だからこそ、今はこの手札で……勝利へと歩を進めるのみ。

『だがのぅ……、その、さっきから斧《おの》が最強すぎて……私の立場が……』

「ハッハッハ」

『笑うでないわ！』

『笑止《しょうし》』

『笑止もやめい！』

自らの言葉をレイと斧の両者から笑われて、ネメシスは精神的に涙目《なみだめ》になるが……。

「それこそ焦る必要なんかないぞ」

『え？』

「だってよ、こいつが俺の最強の武器だとしても、俺が使う武器なら……」

レイはニッと笑《え》みを浮《う》かべながらそう言って、

「――ネメシスが最高だ、だろ？」

――いつかの言葉を、今度は心から口にした。


『……うむ！』

その言葉に、ネメシスは歓喜《かんき》と共に応じた。

斧は何も言わず、時間を重ねてきた主と武器のやり取りを、少しだけ羨ましく見ていた。

いつかは自分もかくありたいと思いながら……。

「さぁて、と……」

話を終えて、レイはカーディナルAに向かい合う。

尾を失い、光熱の刃への切り替えで見に回っていたカーディナルAも、既に状況の分析《ぶんせき》を終えている。恐《おそ》らくは、万全《ばんぜん》の勝ち筋を持った上でレイに向かってくるだろう。

だが、レイもまた万全だ。

「それじゃあ……勝ちにいこうぜ！」

『応！』

『然り』

光を喰らう黒衣に包まれた左手には光熱によって必滅を齎《もたら》す純白の斧。

血塗《ちまみ》れで傷だらけの右手には彼が最も信頼《しんらい》する漆黒《しっこく》の大剣《たいけん》。

鬼《おに》の籠手《こて》を嵌《は》めた両の手に、己《おのれ》が持ちうる最強と最高を携《たずさ》えている。

そしてレイは……カーディナルAとの最後の攻防に臨《のぞ》んだ。

第九話　夢の終わり

□■【遊迷夢実《ゆうめいむじつ》　ドリームランド】・内部

ZZZ《ズィー・ゼー・ゾー》の有する〈超級《スペリオル》エンブリオ〉、【遊迷夢実　ドリームランド】。

その必殺スキルである《悪夢の王国《ドリームランド》》は彼と彼が選択《せんたく》した従属者の、夢と現実を入れ替える。

本来の夢を知らず、夢が現実の延長であるZZZのパーソナルから生まれたこのスキルは本体……HPを夢の中に置く。

夢の中で誰かを害しても、現実の相手は傷つけられない。

それと同じように、そして真逆に……このスキルの対象者は現実では傷つけられない。

スキルを付与する従属者の数に応じたSP制限や、スキルを長時間維持《いじ》する追加コストなどはあるが、このスキルを使用している間は現実において無敵だ。

眠って夢の中にその身を置いている限り、現実で何があろうと傷つくことがない。

彼の手足となって戦う従属者のカーディナルAも同様。

現実でアプリルがどれほど強度を下げようとも、傷つけることは敵わなかった。

そして夢の門番……夢の中に本体を置く【スラル】……カーディナルAがいる限り、ドリームランドを付与《ふよ》された【スラル】は全滅《ぜんめつ》せず、眠った者達《ものたち》は目覚めることができない。

逆に夢の中でカーディナルAと相対したとしても、夢にいる限りは現実の【スラル】に対処できず、肉体を砕かれる。

現実でカーディナルA以外の【スラル】を全滅させて、夢でカーディナルAを倒す。

夢と現実の両方で活動する者がいない限り、絶対に敗れない戦術。

【怠惰魔王《ロード・アケディア》】ZZZがこれまで生き残ってきた最大の要因である。

しかし、現実の【スラル】がアプリルに破壊された今。

夢の中でカーディナルAを打倒《だとう》すれば、この前提は崩れる。

それを為《な》せる者は――此処《ここ》にいる。

◇◆

レイとカーディナルAの死闘《しとう》は両者共に身を削《けず》る戦いとなった。

レイの右腕《みぎうで》からは今も血が流れ続け、刃が振るわれる度に体のどこかから出血している。

対するカーディナルAも光熱の斧が振るわれる度に神話級金属を刻まれ、血の代わりに熔解《ようかい》した金属片《きんぞくへん》が周囲に飛び散っている。

『…………』

両者の死闘を、ゼクスは見ていた。

この場の誰よりも、ゼクスがこの戦いの背景を把握《はあく》している。

白い斧の造形を見れば、斧が【アルター】所縁《ゆかり》のモノだと察しがつく。

そして【スラル】を作った【怠惰魔王】は、スキルから推測して【邪神《ジ・イーヴィル》】所縁のジョブ。

なぜなら、【スラル】の有り様はかつてゼクスが目撃《もくげき》した【邪神】の力……自然の木石をモンスターに変えるスキルとあまりにも似通っている。

ゼクスがかつて戦った【暴食魔王《ロード・グラ》】の死者リソース吸収能力と合わせて考えれば、七種の【魔王《ロード》】シリーズは【邪神】のスキルや特性を七分割《ななぶんかつ》し、それぞれに特化した性能をしているのだろうと推測できる。

【邪神】というジョブを作る前の試作だったのか、あるいはその逆か。

であれば、これは【聖剣王《キング・オブ・セイクリッド》】の亜種《あしゅ》と【邪神】の亜種の戦いとも言える。数百年前の戦いの相似形《そうじけい》だ。

当事者のレイとZZZは知る由《よし》もないだろうが、見物者であるゼクスだけは知っている。

彼にとっては【聖剣王】も【邪神】もさほど重要ではないが、しかし後々のために情報を蒐集《しゅうしゅう》することには意味がある。

そうでなくても……レイ自身には興味を惹《ひ》かれ始めていた。

ゆえに、この戦いをゼクスは傍観《ぼうかん》している。

だが……ゼクスが見ていたのはこの戦いだけではない。キャンディに運ばれる自らの頭部が見る景色も、他の分体が見ている景色も、ゼクスは把握している。

常人であれば使いこなせない複数の視覚情報を、全《すべ》て分析している。

ゼクスはスライムであり、脳という器官も存在しない。あるいは、全身が脳でもある。

そんな身体《からだ》で数年を過ごしたからか、あるいは元から素質があったのか、彼の思考能力は人間のそれから変じかけている。

『……見つけました』

そして今、彼が把握している視界の内の一つがあるものを見つけた。

それは……【怠惰魔王】ＺＺＺ。このドリームランドの中にいる〈マスター〉自身だ。

『やはり、いましたね』

スキルの説明をするため、そしてこの夢の中でスキルを使うためにも、本人がこの夢のどこかにいるだろうとは予測していた。

それを分裂《ぶんれつ》したゼクスの索敵《さくてき》によってついに発見したのだ。

今、分体の視界の中のＺＺＺはレイやゼクス達に説明したときと同じ雲のスクリーンを使い、レイとカーディナルＡの戦いを見続けて……そちらに集中している。

今ならば、殺せるだろう。

全身をバクの着ぐるみに包んではいるが、それが防御《ぼうぎょ》の用をなすかは分からない。

意思がないものは、このドリームランドに存在しえないからだ。

仮に意思があり、装備品として有効だとしても……ゼクスならばその守りを抜くだけの攻撃《こうげき》を仕掛《しか》けることはできる。寝首を掻く、ことは容易い。

（……少し、待ちますか）

だが、今この時点での暗殺をゼクスは実行しなかった。

レイに興味を惹かれ、彼の戦いをもっと見ていたいと思ったからだ。

決着がつくまで、ＺＺＺの始末は先送りにしたのである。

それは合理的な選択ではないが、そもそも合理的に動くようなら彼は【犯罪王《キング・オブ・クライム》】などになっていないし、〝監獄《かんごく》〟にも落ちていない。

自身の心のままに、あるいはそれを求めて行動するのがゼクス・ヴュルフェルという人間だ。彼は今もそれに沿った選択をしただけである。

(ですが、これは……)

待つことを決めたゼクスは、レイの戦いを見ていて動きの変化に気づいた。

レイの動きは変わっていない。相手の攻撃を持ち前の直感で回避しながら光の斧を振るい、撃破《げきは》を狙《ねら》っている。

変わったのは、カーディナルAの動き。

明らかに、引き気味の動きが増えている。

仮初《かりそめ》の命、ゴーレムに近い存在でありながら……まるで死を恐れるかのように攻《せ》める意思が失《う》せている。あまりにも強力な斧に、恐れをなしたようにも見えるが……。

(……たしかに。それが最も勝率の高い戦法ですね)

ゼクスはカーディナルAの戦術を……レイには決して対処できない戦術を看破していた。

このままならば確実にレイは負ける、と。

「……ねぇ、オーナー」

そのとき、ガーベラが傍《かたわ》らのゼクス分体に小声で話しかけた。

『何でしょうか、ガーベラさん』

「もしかして、なんだけど……」

ガーベラは見当違《けんとうちが》いを述べることを恐れているのか自信なさげに、けれど自らが抱《いだ》いた疑問を口にする。

「あいつ、……時間稼ぎしてない？」

『…………』

ガーベラの抱いた疑問に、ゼクスは内心で感心した。

それに自力で気づけるほどには成長したらしい、と。

『何のためにでしょうか？』

「夢の中で倒されるとデスペナだから、レイ《あいつ》は戦ってるけど……」

ガーベラは懸命《けんめい》に戦うレイの姿を見ながら、自身の抱いた疑問の答えを……カーディナルAの戦術にレイが決して対処できない理由を口にする。

「デスペナの条件、他にもあるでしょ？」

◇◆◇

□■アルター王国南端《なんたん》・国境山林

『……？』


相対するカーディナルAの動きの変化を、アプリルはすぐに察した。

形状の変化は先んじて幾度《いくど》も起こっている。

左腕の刃が折れ、左腕が砕《くだ》け、尾の刃も砕けた。

アプリルの攻撃は通じていないのに、独りでに壊《こわ》れていったのだ。

それは夢の中での破壊の結果であるが、その直後から動きまでも変化した。

単に壊れた部位に配慮《はいりょ》した動きというだけではない。

アプリルと相対しながら、意識は別のところに向いている気配がある。

そもそも、本来は眼球も何も必要ない【スラル】。

ブサイクな粘土《ねんど》細工のようだったミスリルの【スラル】は目鼻がなくとも敵を感知していたように、カーディナルAもその顔の向きと視覚が一致《いっち》しているとは限らない。

歴戦の戦闘型煌玉人《こうぎょくじん》であるアプリルはその気配を察し、相手の動きを見計らう。

ゼクス、ガーベラ、キャンディ、あるいはアプリル自身。誰を狙われてもカーディナル

Aの攻撃に対処できるように身構える。

『G・i……』

そしてカーディナルAは動き出し、

残った頭部の刃を超音速《ちょうおんそく》で射出し――空中のシルバーの脚《あし》を切断した。

『……!』

一種の隠し武器……音速で宙を飛ぶ緋色の刃は、煌玉人と煌玉馬の不意を突《つ》いた。

無論、アプリルとシルバーも警戒《けいかい》していたが、初手のように爆裂《ばくれつ》させるミスリル塊《かい》も周囲になく、明らかにシルバーは間合いの外だったゆえに隠し武器に対応できなかった。

また、カーディナルA同様に夢での戦闘で多くの傷を負っていたレイを庇い、激しい動きができなかったことも咄嗟に回避《かいひ》できなかった要因の一つだろう。

回避できなかった神話級金属の刃により、シルバーは左側の脚を二本とも切断された。

単純な飛行能力ではなく、空中に足場を作ることで宙を駆《か》けるシルバーは足を失えばもはや飛べない。バランスを崩し、地上へと落下していく。

『………!』

それでもシルバーは《風蹄《ふうてい》》の機能を使って空気のクッションを作り、レイへの落下ダメージを抑《おさ》えることに腐心《ふしん》した。

そのお陰《かげ》でレイはデスペナルティになることなく、まだ生きている。

だが、脚部《きゃくぶ》を失ったために これ以上動けず、必然レイも身動きができない。

『GiGiGi……』

身動きの取れない彼らに向かって、カーディナルAが動き出す。

そう、ターゲッティングは既に変わっている。強敵であるゼクスの体やそれを守るアプリルを狙っていたが、今は執拗《しつよう》にシルバーを狙っている。

つまりは……眠ったままのレイの体を。

それが夢の中でゼクスとガーベラが導いた答え。

要は、先刻までのゼクスへの対処法と同じだ。

強敵であれば、無抵抗《むていこう》の眠った肉体を殺す常套《じょうとう》戦術。

カーディナルAは圧倒的《あっとうてき》な攻撃力を獲得《かくとく》したレイに、夢の中で勝利することを捨てた。

脅威《きょうい》に値するとカーディナルA自身が判断したがゆえに、自身が無敵を持つ現実において彼の肉体を殺すことを選んだ。

夢の戦いは、カーディナルAにとってはただの時間稼ぎに成り果てたのである。

そして、その狙いが達成されるときは近い。

不意を討《う》った一撃で機動力を潰《つぶ》しているのだから、もはや逃げることすらできない。

『…………！』

アプリルも思案する。先々期文明の頃《ころ》は要人護衛の役目を担《にな》っていたアプリルにとってそうした取捨選択《しゅしゃせんたく》は日常茶飯事《にちじょうさはんじ》であり、彼女《かのじょ》の演算能力は状況を明確に分析していた。

分析結果は、『兄弟であるシルバーとその主《あるじ》を助ける』か、『自身の主達を守る』かという二択に直結した。

今のカーディナルAはレイを狙っているが、その実はレイでなくてもいい。

ゼクス達と今のレイの位置は離《はな》れており、アプリルがシルバーとレイを守りに動けば、その瞬間《しゅんかん》にカーディナルAはゼクス達三人の誰かを狙うだろう。

カーディナルAはそれでも構わなかった。

夢で相対するレイを現実で殺せれば良し。

レイが守られた隙《すき》に他の敵対者を殺しても良し。

アプリルがレイを守ろうと守るまいと、この形に持ち込《こ》んだ時点でカーディナルAは自らの主の敵を抹殺《まっさつ》できる。

アプリルは見えている全ての事象を計算し、誰かの死亡が不可避であると見積もった。

そしてアプリルは、『自分の主達を守る』を優先する以外にない。

レイ達に勝算はなく、既に詰んでいた。

◇◆◇

□■【遊迷夢実　ドリームランド】・内部

不意に、レイは自分の右肩《みぎかた》に違和感《いわかん》を覚えた。

眼前のカーディナルAの攻撃は受けていないと言うのに、まるで打撲《だぼく》を受けたような衝《しょ》撃《うげき》が右肩に伝わっている。

「……なるほどな」

それが現実の自分が受けたダメージであることを、レイはすぐに理解する。

元よりカーディナルAの動きの変化に疑問は抱いていた。その理由が現実の自分を殺すまでの時間稼ぎだと察するのに時間は要《い》らなかった。

だとしても、レイにとっては何も変わらない。

眼前のカーディナルAを倒さない限りは夢から目覚めることができない以上、夢の中のレイがすべきはこの戦いに全力を尽くすこと。

見えない世界で殺される恐怖《きょうふ》を退け、見える世界で戦う。

「オォォッ!!」

『ッ!』

輝く斧を振《ふ》るい、カーディナルAとの距離を詰めていく。

左腕のみで振るう斧に流される身体を、右腕のネメシスがサポートして体勢を整える。

体勢を崩すことなく前進し続け、時間を稼ぐために距離を取ろうとするカーディナルAの後退を許さない。

『……Gi』

退《ひ》かず、折れないレイの前進に、カーディナルAも焦りを覚える。

だが、もはや勝負は決しているのだ。

既に現実でシルバーの機動力は奪《うば》っている。

あと数十秒もあればレイは殺せる。

ならば手を尽くしてその数十秒を稼げばいい。

『Gi……!』

その一手として使用したのは、現実でシルバーの脚を断ち切った頭部の射出刃《隠し武器》。

距離を詰めにかかろうとしたレイに向けて、頭部の刃を向け射出する。
致命《ちめい》となりうる奇襲《きしゅう》の一撃を、レイは直感で辛《かろ》うじて回避する。
だが、体勢は大きく崩した。
「……！」
レイはカーディナルAの追撃《ついげき》が来ると考え、それに対応すべく左腕《ひだりうで》の斧に力を込めた。
だが、予想した追撃は訪《おとず》れない。
どころか、カーディナルAとの距離は開いている。

カーディナルAは——背を向けて距離を取っていた。

その身のAGIの全力でもって、夢の道の彼方《かなた》へと脱兎《だっと》の如《ごと》く駆け出している。
当たれば良し。
当たらなくとも、回避しようして体勢を崩した瞬間に、距離を一気に空ける。
最初からその算段で放たれた一撃だったのである。
体勢を崩していても、レイの手に斧がある限り反撃《はんげき》の危険は消えない。
だが、距離を取ってしまえば……彼我《ひが》の速度差を考えればもうレイには追いつけない。

初手のレーザーを使うとしても、距離があれば砲《ほう》の向きを見て回避できる。

夢の中のカーディナルAは勝率と確実性を考え、時間稼ぎの逃げに徹したのである。

生物であり、無生物でもある【スラル】としての、計算があったのかもしれない。

しかしそれは――最大の悪手だった。

「ネメシス、半分で止めろ」

『Form Shift ――【Shooting Wheel】』

レイの呼びかけに、ネメシスはノータイムで応《こた》える。

右手に固定されたネメシスの形が、第三形態β……流星風車《シューティング・ホイール》へと姿を変える。

同時に、風車が速度を増しながら、回転し始める。

それは無意味な行動に思えた。

流星風車は、遠距離追尾式《えんきょりついび》カウンター……《応報は星の彼方へ《ペイバック・オーヴァー・スター》》に特化した形態。

だが、【スラル】かドリームランドの特性でダメージカウンターの対象外であるカーディナルAは、ホーミングの対象にはなりえない。

ゆえに距離をとったカーディナルAを倒《たお》す術《すべ》にはなりえないはずだった。

しかし……今の流星風車はいつもと違《ちが》う。
黒円盾《サークル》から流星風車に変わるとき、盾は花のように、星のように開き、風車となる。
だが今は柄《え》こそ伸《の》びているものの——黒円盾が開いていなかった。
まるで、変形をしそこなったような有り様だ。
そしてレイは彼方の敵を見据《みす》えて、変形途中《とちゅう》の流星風車を夢の道に接地させる。
次の瞬間、——レイの体がその場から消え去った。
「……え?」
『ふふっ……』
戦いを見ていたガーベラはレイを見失い、ゼクスは……見切って笑った。
『Gi?』
カーディナルAは己の背後から高速で接近する何かの音に気づき、
——己のすぐ後ろにまで迫《せま》ったレイと目が合った。
『Gi……!?』
カーディナルAは驚愕《きょうがく》する。
この敵手は、ここまでの速度は持っていなかったはずだ、と。
だが、その驚愕はレイの手元と足元を見たときにより増大する。

レイは……流星風車に乗っていた。

流星風車の先端《せんたん》の盾部分、本来は開く部分が開かないまま……回転し続けている。

当然ながらそんな状態では流星を飛翔《ひしょう》させることはできない。

だが、閉じたままでも《応報は星の彼方へ》の予備動作である回転は実行されている。

六〇秒の回転をそのまま車輪としての速度に変えて、電動の一輪車のような有り様で距離を詰めんとしている。

逃走《とうそう》したカーディナルAとの距離を詰める、乗り物として。

『よくも思いつくものだのぅ、こんな曲芸』

「発想の転換《てんかん》だよ。……思いつくきっかけはあったからな」

レイが咄嗟《とっさ》にこの手を思いついたのは、今日の〈トーナメント〉での戦いによるものだ。

バイク型の〈エンブリオ〉で、バイクスタントの如き曲芸疾走《しっそう》を見せたラング。

あの戦いで、レイの中に『車輪による曲芸じみた高速移動』という発想が生まれた。

それがこの土壇場《どたんば》で、『スキル発動準備段階の流星風車で高速移動する』という奇策《きさく》を思いつく結果になった。

『汝《なんじ》は無茶《むちゃ》をする』

『……まぁ、それもレイらしいということよ』

無論、ノーリスクだったわけではない。傷を負った状態の右腕が移動の反動で千切れても、市中引き回しのような有り様になってダメージで死んでいても不思議はなかった。

だが、レイはその最初にして最後の試行で、流星風車に乗ってみせたのである。

レイのレイたる所以《ゆえん》の端緒《たんしょ》が、その行動にあった。

こうした行動を咄嗟に思い付くセンスもまた、彼《かれ》の力なのだから。

「次で決める……！　可能な限り出力を上げろ！」

『承知』

時間経過に伴《ともな》って少しずつ回転数を増していく流星風車の上で、レイは斧に訴《うった》え、斧もまたそれに応じる。

『――出力上昇《ライズ・トウ・パワー》。光熱之壱《テン・プロセント》』

斧が放つ光をさらに増大させる。

それは光属性に限定されてはいるが、理論上発揮できる限界値である一割の出力。

接触《せっしょく》部分の光は【黒纏套《こくてんとう》】に吸収されているが、増大した光熱は直接触《ふ》れていなくとも斧から漏れ出た光でレイの顔や体を焼き焦がしていく。

それでもレイは斧を手放さず、ただ敵との間の縮まる距離《きょり》のみを見据えていた。

『…………！』

詰《つ》められゆく距離と自身を一撃《いちげき》で破壊《はかい》できるだけの熱量に、カーディナルAは焦燥《しょうそう》を濃《こ》くするが、……同時に勝利を確信した。

夢の中で追いつかれるよりも先に、現実のカーディナルAが眠るレイへと辿《たど》り着いた。

シルバーが最後に張った紙のような《風蹄》によるバリアも破ったところだ。

先手はカーディナルAにある。

五秒後には追いついたレイの斧で夢のカーディナルAは仕留められるだろう。

だが、現実のレイを殺すまでには三秒と掛《か》からない。

タッチの差で、カーディナルAは勝利できる。

◇

◆

『GiGiGi！』

『…………』

現実のカーディナルAは右の刃《やいば》をレイへと振り下ろした。シルバーはレイを庇《かば》おうとしているが、カーディナルAの斬撃《ざんげき》はそれで庇いきれるものでもない。

それで、もはや結末は確定した。カーディナルAも、アプリルとシルバーも、見える全ての状況《じょうきょう》から結末を演算している。

その演算は正しい。その結末を覆《くつがえ》す要因は状況のどこにも見えない。

ゆえに結末は——見えないモノによって覆される。

決着の瞬間、刃を振り下ろした先にあったはずのレイの体の位置がズレた。

現実のカーディナルAの刃は、空を切る。

『…………………Gi?』

まるで見えないモノによって動かされたように、レイとシルバーが刃の攻撃範囲《こうげきはんい》から移動している。

それゆえ、カーディナルAが振り下ろした刃の軌道《きどう》には何もなかった。

何もなかったはずなのに……光の塵が周囲に散っている。

まるで、レイの代わりに見えないモノを斬《き》って仕留めたかのように。

見えないモノが、レイの身代わりになったかのように。

『G i……?』

◇◆

その理解不能な光景に夢と現実のカーディナルAは一瞬《いっしゅん》だけ忘我《ぼうが》する。
そしてほんの二秒程度の時が過ぎて、戦う両者の距離が夢においても零《ぜろ》になる。
瞬間、流星風車での追い抜《ぬ》きざまにレイは左手を振り抜き——、

——輝《かがや》く斧によってカーディナルAは胴《どう》と頭部を両断された。

神話級金属で生み出された緋色《ひいろ》の【スラル】は、己が最後の攻防《こうぼう》で何をしくじったのか、
何を見落としていたのかを……理解も感知もできないままに砕け散った。

◇◆

レイとカーディナルAの戦いは、一つの決着を迎《むか》えた。

カーディナルAは膨大《ぼうだい》な熱量によってその体を完全に両断され、その直後に夢の世界から消えていった。意識の消失……死によって夢の世界に存在する資格を失ったのだろう。

勝利したレイは流星風車から降り、疲労《ひろう》と負傷のためか膝《ひざ》を突いて大きく息をしていた。

「…………」

ガーベラは、どこか物憂《ものう》げな表情で彼を見ている。

それから不意に、視線を左手の甲《こう》に落とす。

隠蔽《いんぺい》に特化した〈エンブリオ〉であるため、彼女の紋章《もんしょう》は余人には見えない。

それでも彼女だけに見える何かを、見つめていた。

『……なるほど』

二人を見るゼクスは、今しがた何が起きたのかを正しく理解していた。

現実のレイを襲《おそ》っていたカーディナルAの攻撃は、届く寸前だったのだろう。

だが、レイは死んでおらず、何らかの……想定外の事象で硬直《こうちょく》したカーディナルAがレイに討たれる結果となった。

そのときにレイを守ったものが何かをレイ自身は知らないし、妨《さまた》げられたカーディナルAも理解できなかった。

分かるのは、ガーベラとゼクスだけだ。

アプリルではない。アプリルはレイが狙われていても、ゼクス達を守ることを優先する。

だから、レイを庇ったのは……ガーベラのアルハザードである。

夢に取り込まれもせず、現実に居続けたアルハザードだ。


――で、でも私ってまだアルハザードのＨＰが……とりあえず再出撃させて……。


レイがゼクス達を発見し、【スラル】が彼らを襲撃《しゅうげき》したときだ。ゼクスとキャンディが迫る【スラル】の気配を察して臨戦態勢を整えていた際に、ガーベラもまた動いていた。

半死半生状態とはいえ、アルハザードを紋章から再出撃させていたのである。

ダメージゆえに【スラル】と戦わせることもなく、置いていた。

問題が起きたのは、その後にカーディナルＡによってミスリルの【スラル】が爆裂し、ドリームランドのオーラを散布されたときだ。

それによる無差別広範囲《こうはんい》の散布に、当然ながらアルハザードも巻き込まれた。

稀薄《きはく》ながらも意思がある〈エンブリオ〉であり、本来ならば夢に取り込まれるだろう。

だが、アルハザードは隠蔽能力に特化し、突き抜けた〈超級エンブリオ〉。

見えず、聞こえず、感じもしない。

だからこそ、ドリームランドもアルハザードに接触したことを察知できず、スキルを用いて夢の中に引きずり込むこともできなかった。……存在に気づきもしなかったのである。

その後は〈マスター〉であるガーベラが眠ったために、傍《そば》で待機し続けていた。

夢に引き込まれず、現実で出続けていたアルハザード。

そのために、夢の中でガーベラが使うこともできなかった。

しかし、ガーベラがゼクスから現在のアルハザードの状態の推測……『現実世界で待機状態』という答えを聞かされたことで状況が変化する。

現実にいると理解したことで、ガーベラはアルハザードに関して『自分を守ってほしい』と思考した。夢の中からアルハザードに呼び掛けていた形だ。

本来なら視覚を共有できるが、夢と現実に分かたれてはそれもできなかった。

現実からの情報は受け取れないため、夢の中から一方通行で曖昧《あいまい》な命令を下すことしかできないが、それでもアルハザードは命令を受け取って実行していた。

ガーベラの傍で、何かあれば彼女を守れるようにと。

だが、その命令は途中で変化していた。

カーディナルAの動きが変化し、現実のレイを殺そうとしていると察したとき。

ガーベラの命令は、『彼を守って』というものに変化していた。

彼女自身も……それを自覚していたのかは分からない。

しかし彼女の心はそう念じて、命令を受諾《じゅだく》したアルハザードはレイを守るために動いた。

アルハザードは脱獄《だつごく》後の半死半生の状態であったために、カーディナルAと戦う力は残っていなかったが……身を挺《てい》してレイとシルバーを庇ったのである。

己《おのれ》の主の、意思のままに。

『……ふむ』

そんな顛末《てんまつ》を、当然ながら夢の中のゼクスは直接見ていない。

だが、何があったかは自らの紋章を見るガーベラの姿で察していた。

己の〈エンブリオ〉を犠牲《ぎせい》にして、誰《だれ》かを守る。

それはかつてのガーベラにはなかったことであり、ゼクスの下で修行《しゅぎょう》を積んだガーベラでもそうはならない。

だとすれば、この夢の中の短い時間で感化される出来事があったのだろう。

こんな形での彼の敗北を望まない程度には……影響《えいきょう》を受けたのだ。

（他者に与《あた》える影響という面で見れば、彼はシュウよりも大きいのかもしれませんね）

それが自分達にもどれほど影響を与えるか、ゼクスは興味を抱いた。

だが、今はそれより先にすべきことがあった。

（……さて）

決着がついた今も彼らの意識はドリームランドに在る。

彼らを夢に縛《しば》り付ける要因であったのだろう【スラル】が全滅しても、夢から覚めるには自然に起きるのを待つしかないのだろう。

起きようと夢の中で足掻《あが》いても、起きられるものでもない。悪夢とはそういうものだ。

現実のアプリルが起こしてくれれば手っ取り早いが、現時点ではその様子はない。

だが、あまり長居もしていられない。

目覚めるまでの間隙《かんげき》に、第二波の【スラル】が派遣《はけん》されてくる恐《おそ》れもある。

あるいは、既《すで》に送《おく》り込まれているのか。

（【怠惰魔王】を殺し、このドリームランドから脱出《だっしゅつ》するとしましょう）

ゼクスはＺＺＺの近くに潜《ひそ》めた分体を動かし始める。

気づかれていない今のうちに、急所へ致命の一撃を打ち込む。

それで決着。想定外の問題が重なったものの、状況を想定の範囲内《はんいない》に戻《もど》せる。

【怠惰魔王】を殺し、夢から目覚め、レイに正体が発覚する前に移動。

あとは【怠惰魔王】がいなくなったレジェンダリアの縄張《なわば》りを通り、人目を避《さ》けながら大陸の東へと向かう。カルディナでラスカル達《たち》と合流できれば言うことはない。

『……？』

そこまでの状況を想定したとき、不意にゼクスの分体が奇妙な感覚を抱いた。

それ自体はありふれた感覚だ。

今までに何度も、それこそあの〝監獄〟の中でさえ感じたことがある。

けれど、この夢の中では一度も抱いたことがなかった感覚。

それは……。

『風……？』

風が体の表面を吹《ふ》き抜けていく感覚だった。

風の吹かない凪《なぎ》のような夢の世界に、今は音を立てて風が吹き始めている。

その出所は、
レイが手にした――――流星風車《ネメシス》。

カーディナルAに追いつき、撃破し、役目を終えた流星風車は……今もまだ回っている。

移動時には閉じていたはずの風車を、華《はな》のように開いて。

『……まさか！』

ゼクスは、レイが何をしようとしているかに気づいた。

レイにとって、戦いはまだ決着していない。

眼前のカーディナルAを倒して、終わりとは考えていなかった。

まだダメージカウンターを蓄積《ちくせき》した敵……【怠惰魔王】ZZZが残っている。

相手は【スラル】を大量に送り込んできた【怠惰魔王】。

いかに特別製のカーディナルAを倒したとはいえ、後続が来ないと考える方が甘《あま》い。

だからこそ今——【魔王】を倒そうとしていた。

レイが至ったのは、ゼクスと同じ考えだ。

そして、満身創痍《まんしんそうい》のレイにはこれ以上の連戦を続ける余力はない。

この一戦で全《すべ》ての決着をつけるべく、レイは最後の一手を打つ。

『《応報《ペイバック》は——》』

回転する刃の加速は極《きわ》まり、やがて最高速度に達していく。

そして流星はかつての【魔将軍《ヘル・ジェネラル》】との戦い以来の、真価を発揮する。

それこそは、彼とネメシスが届かぬものに届かせるために生み出した力。

【復讐乙女《ふくしゅうおとめ》 ネメシス】の現時点で最強の一撃。

流星風車の本質は、地を駆ける車輪ではない。

その本質は、

「――星の彼方へ《オーヴァー・スター》」

――天翔《あまがけ》る星に他《ほか》ならない。


ネメシスは亜音速《あおんそく》の星となって、雲上の如き夢の世界を飛翔する。

カーディナルAとの戦闘《せんとう》でレイが負ったダメージの総計は、五万を優に超《こ》える。

今のレイの最大HPよりも遥《はる》かに多く、途中で回復魔法《まほう》を挟《はさ》まなければ死んでいるほどのダメージ量の蓄積。

それが齎《もたら》した圧倒的な速度で、ネメシスは夢の世界を飛翔。

己のダメージカウンターの示すままに一直線に突き進《すす》む。

視《み》えずとも、自らの感覚で進むべき方角を理解していた。

目指す対象は、言うまでもなく……【怠惰魔王】ＺＺＺ。

己の手足である【スラル】を送り出した者……レイが受けたダメージの大本である。

この夢の中でスキルを行使するならば、ＺＺＺは夢の中にいるはずだと……レイもまた察していた。

だからこそ、《応報《ペイバック》》が届くと考えたのだ。

『そこ、かっ！』

その姿を、バクの着ぐるみを纏《まと》った姿を、ついに目視した。

だが、己に飛来する敵手を察知したＺＺＺも、即座《そくざ》にスキルを行使する。

『……《スリープウォーキング《夢遊病》》』

カーディナルＡを送り出した時にも使用した『夢の中での自軍の配置を操作する』スキルを使用し、迫るネメシスから遥か遠くに自身を移動させる。

クールタイムは長く、範囲《はんい》も夢の中限定であるが、自由に位置を変更《へんこう》できる瞬間移動。

このスキルによってＺＺＺはネメシスも、ゼクスの分体も置き去りに、最も離れた位置に配置を変更。夢の世界であるドリームランドの面積も有限であるが、それでも数十キロメテルは移動していた。

『これで』

ＺＺＺはレイとネメシスのことを何も知らず、ネメシスの力のほとんどはカーディナルＡとの戦いで見せることがなかった。

当然ながら《応報》《ペイバック》の仕様も知らないが、《応報》《ペイバック》はダメージカウンターの一〇分の一までの距離しか追尾《ついび》できない。今回の射程距離《きょり》は五〇〇〇メテル程度しかなく、距離を離された時点で《応報》《ペイバック》は届かない。

ＺＺＺは、最善手を打ったのだ。


『――これでも追って来られるかぁ』

――ここが、夢の中でなければ。


五千メテル、一万メテル。

本来の射程距離の限界を超えてもなお、ネメシスは飛び続ける。

飛翔が途切《とぎ》れない理由は、ここが夢の中だからだ。

ゼクスの分体が距離の限界なく拡散できたように、この夢の中においては本来の距離の概念《がいねん》が生じない。現実では分離《ぶんり》せずに繋《つな》がっているためか、あるいは単に夢だからか。

少なくともこの夢の特性は、皮肉なことに夢の主であるはずのＺＺＺに利さなかった。

『今度は、逃《に》がさぬ……！』

ネメシスはただ真《ま》っ直《す》ぐにZZZの気配を追い続けた。

距離の限界なく飛び、ダメージカウンターを目印に追尾し、回転は衰《おとろ》えず。

やがてZZZを再度目視するに至った。

『見つかったかー……』

再度逃《に》げることは……できない。

《スリープウォーキング》は同じ対象への再使用には三〇分のクールタイムが必要になる。

そうでなければカーディナルAが時間稼《かせ》ぎの逃走を始めた時点で使用し、サポートしていただろう。

ZZZ自身であっても、クールタイムが明けるまで対象に選ぶことはできない。

また、【魔王】シリーズの中ではステータスが決して高くはない【怠惰魔王】。一部を除けばカーディナルAに劣《おと》るステータスのZZZでは、避けることもままならない。

『……ふぅ』

ZZZは嘆息《たんそく》し、飛来するネメシスを見据える。

そして右腕《みぎうで》と左腕で頭部と心臓をそれぞれ庇うように掲《かか》げる。

『ドリームランド――』

ＺＺＺは、この夢の空間そのものである自身の〈エンブリオ〉に語りかける。

そして一つの命令を下そうとしたとき、

——頭部を庇った右腕に流星風車が突き刺《さ》さった。

間を置かず、《応報《ペイバック》》の三倍カウンターが炸裂《さくれつ》する。

ＺＺＺの右腕が送り込まれる純粋《じゅんすい》なダメージによって砕《くだ》けはじめ、

『——自、壊、』

——その最中にＺＺＺは命令を言い切った。

その瞬間、ドリームランドは色と音を失い——夢は解《ほど》けた。

エピローグ　闇の中の独り

□■レジェンダリア北端《ほくたん》・〈スロウス・ヴィレッジ〉

『…………』

自室のベッドの上で、ZZZ《ズイー・ゼー・ゾー》はむくりと起き上がった。室内に控《ひか》えていた羊毛種族の侍女達《じじょたち》は『まだ夕飯のお時間ではないのに珍《めずら》しい』と疑問に思う。

けれど、すぐに気づく。

ZZZのバクの着ぐるみの右腕から染《し》み出し、床《ゆか》に血だまりを作るほどの出血に。

「Z《ズイー》様⁉」

侍女達は慌《あわ》てふためきながら、治療《ちりょう》のためのアイテムを取り出して彼の治療に当たる。

「傷口を診《み》ます！　御衣服《ごいふく》を……」

『……うん』

ZZZは侍女《じじょ》に促《うなが》されて、バクの着ぐるみを脱《ぬ》いだ。

「……ふぅ」

端整《たんせい》な顔立ちだが目に隈《くま》のある少年型のアバター……本来の姿のZZZは、物憂《ものう》げに溜息《ためいき》を吐《つ》いた。

憂《うれ》いは着替《きが》えや治療に対してではなく、夢の中で相対した者達を思ってのこと。

急所に当たっていれば、あの一手で殺されるところだった。夢の中に【ブローチ】を持ち込めないのはZZZも同じであり、致命の一撃を防ぐ手段はない。

そして……ドリームランド最後のスキルが発動したのは、《応報は星の彼方へ《ペイバック・オーヴァー・スター》》の三倍ダメージカウンターが送り込まれた後だった。

ZZZが生きているのは急所を腕《うで》で庇ったため。

そして、何よりZZZ自身のHPが膨大であったためだ。

【魔王《ロード》】でありながら【怠惰魔王《ロード・アケディア》】のステータスは低い。

超級職《スペリオル・ジョブ》として一〇〇〇近いレベルを持っていても、STRやAGIなどはカンストの上級職と大差ない程度だ。

ただし、HPとSPに関してのみ……超級職の中でも特筆して高いものになっている。

HPは六〇〇万を優に超えており、ネメシスが送り込んだ一五万ものダメージを受けてもなお、右腕は原形を留《とど》めている。

ただし、これが頭部や胸部であれば致死《ちし》の傷痍《しょうい》系状態異常で死んでいただろう。

ＺＺＺとしても、危《あや》うい一戦だった。夢の中で殺されかけたのは、久方ぶりである。

（あるいは……）

あるいは、飛来した流星風車《シューティング・ホイール》以外にも自分を狙《ねら》った攻撃《こうげき》があったかもしれないとＺＺＺは考える。実際に、ゼクスによる暗殺が実行される寸前ではあった。

（これで撤退《てったい》してくれればいいけれど……）

《夢の終わり》は自壊と引き換《か》えに使用可能な、ドリームランドの最終スキル。

効果は二つ。

ドリームランド内に囚《とら》われた者、及《およ》び現実のＺＺＺの周囲にいる者を対象に【睡眠《すいみん》】と【強制睡眠】を解除する第一効果。

そして、対象となった生物のＭＰとＳＰを『ＺＺＺのＳＰの数値分』だけ減少させる第二効果である。

【怠惰魔王】であるＺＺＺのＳＰはＨＰと同程度には膨大である。

そして、スキルが基本的にはＭＰとＳＰの消費を前提としている以上、ほとんどのスキルは使用不可能になるだろう。

回復アイテムにしても、ＭＰやＳＰの時間当たりの回復量には品質によるが限度はある。

一定の時間の戦力低下は確定する。

夢から覚めるように、夢想の源を消し去るスキル。

あるいは眠《ねむ》りこそを望み、眠りの他に多くを求めなかった当時のＺＺＺの心象を反映したスキルなのかもしれない。

「……それにしても、ひさしぶりに使ったな」

《夢の終わり》は切り札の一つであるが、ＺＺＺが指名手配された原因でもある。

かつてスキルを試用した際、都市内でこのスキルを使ってしまった。

その際に、誤算があった。

ドリームランドの一時破壊を伴う自壊スキルであったこと。

そして、効果範囲がＺＺＺの予想したものよりも遥かに広く、当時滞在《たいざい》していた都市の半分を飲《の》み込《こ》んでしまったことである。

魔力《まりょく》によってインフラが成り立っているレジェンダリアの都市において、ＭＰの消失は大都市の停電……あるいはそれ以上の災害にも等しい。

故意でなくとも実行した時点でテロであり、人死には出なかったもののＺＺＺは指名手配されることになった。

以来、自戒《じかい》と必要のなさから使ってこなかったスキルだ。

それに、使ってしまえばドリームランドの再生まで数日はかかる。

当時は【怠惰魔王】でもなかったＺＺＺは、本人にとって極めて遺憾《いかん》なことに再生までの時間を、眠れない現実へとログアウトしたままやりすごしたほどである。

一時的にでもドリームランドが欠けるということは、彼にとっては大きな損失なのだ。

（今なら……戦力もまだあるけれど……）

この集落を守るために配備しているミスリルの【スラル】は、今回の戦闘で費やした数の数倍を確保している。

また、【スラル】以前に使っていたカスタムゴーレムが一パーティ分。

そしてカーディナルＡ以外の特化型【スラル】……〈ＵＢＭ〉の特典素材を基に生み出した【スラル】が三体。

防衛戦力であるために動かせないが、迎撃《げいげき》役として本来ならば十分。

しかしもしも、それらをも超えてこの集落を攻《せ》めてくるならば……問題だ。

そして、それができるだけの戦力を持った相手であると既に理解している。

ドリームランドが使えなければ、昔のＺＺＺならば逃げの一手だっただろう。

だが、今はそうする訳にはいかない理由がある。

「………」

ＺＺＺは懸命《けんめい》に自分の治療をする羊毛種族の女性達《たち》を見る。

ＺＺＺがいるからこそこの地で生きていける者達……彼が迎撃に出た本当の理由。

もしも、敵手によって彼女達《かのじょ》に危害が加えられるとするならば……。

「あの、どうかなさいましたか？」

侍女の一人が心配そうにＺＺＺを見上げる。

ＺＺＺは、努めていつもと同じ表情と緩《ゆる》やかな口調でそれに答える。

「大丈夫大丈夫《だいじょうぶ》ー。問題ないないノープロブレムー」

ＺＺＺは、この集落で長く暮らしてきた。

【怠惰魔王】になってすぐに居ついて、内部の時間で二年以上は過ごしただろうか。

リアルで眠りを失ったＺＺＺは眠ることだけを考えて、眠りと共に生きることを望んで
〈Infinite Dendrogram〉に足を踏《ふ》み入れた。

そんな彼が眠り以外に心を傾《かたむ》けるものは、二つしかない。

〈Infinite Dendrogram〉で得た僅《わず》かな友人達と、この集落に住まう彼女達である。

ＺＺＺは……羊毛種族を大切に思っている【魔王】は既に決めていた。

もしものときは――【魔王】としての最後の力を使おう、と。

◇◆◇

□■アルター王国南端《なんたん》・国境山林

ドリームランドが崩壊《ほうかい》した直後、ゼクス達三人は目を覚ました。

即座に自分達の状態を確認《かくにん》すると、ＭＰとＳＰがゼロになっていることに気づいた。

恐らく、ドリームランドが解ける際にＺＺＺが何かをしたのだろうとは全員がすぐに察した。手持ちのアイテムを使って回復を行うが、万全《ばんぜん》には程遠《ほどとお》い。

「……はぁ、散々な目に遭《あ》ったわ」

苦みのあるポーションに辟易《へきえき》しながら、ガーベラはそう呟《つぶや》く。

それはポーションの苦みだけでなく、アルハザードの消滅《しょうめつ》を現実でも確認したためだ。

不意に、彼女の視線が下に向いた。

「……何でこいつ起きないの？」

ガーベラは血塗《ちまみ》れで倒れ伏《ふ》して……未《いま》だに意識が戻らないレイへの疑問を口にする。

「これは夢とか関係なく【気絶】してるのネ。ダメージ食《く》らいすぎてるのネ」

「……ああ、そういうこと」

キャンディの言葉に、ガーベラも納得《なっとく》する。

夢の中でのカーディナルAとの戦いで、レイが負ったダメージは膨大だ。

既に夢の世界であったドリームランドの中だからこそ【気絶】することもなかったが、ドリームランドの【強制睡眠】が解けた後はシームレスに【気絶】に移行したらしい。

ネメシスも人間体はおろか、武器の状態ですら出ていない。

恐らくは消耗《しょうもう》が激しく、紋章の中で休眠《きゅうみん》状態なのだろう。

「でも好都合なのネ。まだバレてなさそうなのネ」

レイがガーベラ達について知っていることは、ガーベラの名前と【聖女《セイント》】に変身していたゼクスがガーベラのクランのオーナーであることくらいだ。

ゼクスとキャンディの名前も、ジョブも、クラン名も知らない。

それだけで〈ＩＦ〉の脱獄に繋げることはできないため、脱獄の一件がまだ発覚して欲《ほ》しくない〈ＩＦ〉としては上々の結果と言える。

「…………」

血を流し、今も少しずつＨＰを減らしていくレイを、ガーベラは見下ろす。

このまま放置すれば死ぬだろう。

レイは【怠惰魔王】と相打ち、自分達には気づかない。

その方が、都合は良い。

けれど……。

「……はぁ」

また溜《た》め息《いき》を吐きながら、ガーベラは所持していたポーションをレイに振《ふ》りかけた。

低品質のポーションであり、骨折などが治ることはなかったが……血は止まっていた。

それを見届けて、空《あ》き瓶《びん》を放《ほう》り捨てる。

「ガッちゃん？」

「ここから離《はな》れた方が良さそうねー……。……行きましょ」

キャンディに『似合わないことをしているな』と思われ、自分でもそう思いつつ、ガーベラはスタスタと森の中を進んでいった。

「え？　もしかして惚《ほ》れたのネ？」

「……阿呆《あほう》なこと言ってると寝首《ねくび》掻《か》くわよ？」

追いついてきたキャンディの言葉に、心底イヤそうな顔でガーベラは答える。

実際、色恋《いろこい》の類《たぐい》ではない。断じて違《ちが》う。

強《し》いて言えば……『眩《まぶ》しかった』のである。

圧倒的《あっとうてき》に強い相手を前にしても決して折れず、負けることを選ばなかった姿が。

妥協《だきょう》している今の自分と比較《ひかく》するとレイは眩しくて、……少しだけ憧《あこが》れたのだ。

「………」

そんなガーベラの内面の変化を察しながら、ゼクスもまた二人について森の奥《おく》に進む。

後ろでは、アプリルがシルバーと何事かを話しているようだった。

煌玉人《こうぎょくじん》と煌玉馬、話すことがあるのかもしれない。

しかしゼクス達が歩き始めると、アプリルもシルバーに一礼してその場を去った。

「さて、予定を変更しなければいけませんね」

倒《たお》れたレイとシルバーからある程度距離を取ったところで、ゼクスがそう切り出した。

「【怠惰魔王】の夢から脱出できたたし、予定通りのレジェンダリア・カルディナルートで行くんじゃないのネ?」

「【怠惰魔王】が生きているせいで、予定のルートは通れなくなりました。元から縄張りの情報がなかったためでもありますが……隠《かく》れ里《ざと》にでも住んでいたのでしょうか?」

予定ではこのまま南進し、情報を把握《はあく》している〈デザイア〉の縄張りや人の目が多い地域を避けながら向かうはずだった。

それらの情報は、〈IF〉のメンバーであるラ・クリマが勧誘《かんゆう》を行った際に調べている。

だが、予定外の位置に羊毛種族の隠れ里……【怠惰魔王】の縄張りがあった。隠れ里から動かないZZZにはラ・クリマも出会えず、当然里の位置も把握していなかった。

誤算であり、何よりも……夢の中で殺せなかったことはさらに大きな誤算だった。

「勝ったのに？」

「殺せていませんから」

勝利はしたが、【怠惰魔王】ZZZが死んだわけではない。

それが、ゼクス達にとって最大の問題だ。

「あの〈エンブリオ〉の能力があれで全てかも分かりません。それに……アプリル」

ゼクスに促されて、アプリルが自身の所有する情報を再び開示する。先々期文明時点で判明していた……先々期文明に至るまでの歴史に記されていた、【魔王】のデータを。

「【魔王】シリーズは例外なく最終奥義《ファイナルブロウ》を持ちます」

「最終、奥義？」

「【怠惰魔王】の最終奥義は《怠惰の終焉《ジ・エンド・オブ・スロウス》》。【怠惰魔王】の制限である戦闘禁止が解除され、自身を『これまでに自らが作成した【スラル】の合計ステータスを持つ怪物《かいぶつ》』に変貌《へんぼう》させます」

即《すなわ》ち、カーディナルAを含《ふく》めた数多《あまた》の【スラル】を、足して合わせた尋常《じんじょう》ならざる生物の誕生である。

神話級どころか、純粋なステータスでは〝物理最強〟の最大戦闘形態にも届きかねない。

「RPGの魔王第二形態みたいねー……って、本当に【魔王】第二形態だったわ……」

ガーベラが嫌《いや》そうに呟いて、自分が放った言葉がそのまま正しいことに気づいてさらに表情を苦くした。

「追い詰《つ》められれば使うでしょう。そして、先の一戦で警戒《けいかい》状態になっているはずです」

必勝戦術を破られ、手傷を負い、実質的に敗走にまで追い込まれた。

再戦するとなれば、今回とは比較にならない力を投入してくるだろう。

「キャンディさんが疫病《えきびょう》で遠距離《えんきょり》から殺そうにも、怪物化されてしまえば人間対象のウィルスは効かなくなるでしょう？」

「困った話なのネ」

キャンディの疫病は最悪の広域殲滅《せんめつ》・制圧能力だが……データのない相手には影響を及ぼせないという欠点がある。人間のままならばともかく、【怠惰魔王】が最終奥義で変身した怪物などデータがある訳がない。

ましして、ドリームランドのオーラを纏っていればそもそも通じるかも怪《あや》しい。

今は使用できないが、それを彼《かれ》らが知る術《すべ》はない。

「ですから、【怠惰魔王】の縄張り……レジェンダリア北部を避けるように移動しましょう。予定よりもかなりの遠回りになりますし、合流や目的地への到着《とうちゃく》も月単位で遅《おく》れることになるでしょう。ですが、背に腹は代えられません」

ゼクスは最大HPが削《けず》れ、キャンディは相性《あいしょう》が悪く、ガーベラはアルハザードがいない。

戦力は不足し、リスクばかり。この三人の誰かがデスペナルティになれば大損害だ。

であれば、日数を余計にかけることになったとしても最初から近づくべきではない。

「それにしても、いきなり計画を挫《くじ》かれてしまいましたね。……彼も狙った訳ではないのでしょうが」

巻き込まれたレイの存在によって、ほとんど労することなくZZZに勝利できた。

しかし、恐らくはレイがいなくとも勝利はできた。現実にはアプリルがいたために無防備な肉体を守ることができ、夢の中にはゼクスがいたのだから。

ゼクスならば肉体が殺される前にカーディナルAを撃破《げきは》することは可能であり、さらにはZZZが切り札を切る前に暗殺できる可能性も決して低くなかった。

だが、レイが奮闘《ふんとう》したために、ZZZが生きたまま戦闘は終了《しゅうりょう》した。

結果としてレイが居合わせたがためにゼクス達の……〈IF〉の計画に大きな遅延《ちえん》が発生したとも言える。

（傍観《ぼうかん》せずに殺していれば……いえ、見ていたくなったのだから仕方ありませんね）

己の欲求に従った結果であれば、仕方がないとゼクスは納得する。

（巡《めぐ》り合わせを呼び込む運はやはり兄弟ということなのでしょうか。……シュウ）

友人にして最大の好敵手の顔を思い出して苦笑《くしょう》しながら、ゼクスはルート変更について二人と相談し始めた。

◇◇◇

□【呪術師《ソーサラー》】レイ・スターリング

「ここは……」

気がつけば、俺《おれ》は雲上の道……ドリームランドとは違う場所に立っていた。

真っ黒な空間だが足元はしっかりしていて、自分の体もはっきりと見える。

度々《たびたび》、【気絶】や【睡眠】の際に訪《おとず》れた場所だ。

少なくとも、ドリームランドではない。

決着は……どうなったんだろうか。

『勝った……みたい？』

声に振り向けば、チビガルではないガルドランダが後ろに立っていた。

『先ほどまでの空間の崩壊を確認した。ここは汝《なんじ》の内であり、我ら以外とは繋がっていない』

少し離れて、白い斧《おの》も浮《う》かんでいる。

……俺の夢に介入《かいにゅう》しまくったコンビが言うならそうなのだろう。

「……のぅ、ここはどこだ？」

ただし、今回はネメシスもいた。

珍しい。今まで夢の中に入って来たことはなかったのに。

ドリームランドの影響か、それとも他に理由があるのか。

『今までは……締《し》めだしてたから……』

『我も同じく』

……あ、普段《ふだん》はネメシスを省いていたらしい。

というか、かなり俺の夢を好き勝手できていたようだ……。

『じー……』

「……？」

気づけば、ガルドランダが少し恨《うら》みがましそうな目で俺を見上げていた。

「どうした？」

『今回は出番がなかった……よ？』

言われてみれば、今回は【瘴焔手甲《しょうえんてつこう》】の出番はほとんどなかった。

まぁ、神話級金属の【スラル】に《煉獄火炎《れんごくかえん》》では火力が足りなかったし。

切り札の《瘴焔姫《ガルドランダ》》にしても……。

「……お前を呼び出すMPは俺自身にはないからな」

【紫怨走甲《しえんそうこう》】がなければ、とてもではないが《瘴焔姫》のコストを払《はら》えない。

つまり、今回の戦いではどうしようもなく使いようがなかったという訳だ。

というか、これは俺が格上とばかり戦いすぎた影響という気がしてきた。

【瘴焔手甲】と【黒纏套《こくてんとう》】はどちらも格上に対処できるようなピーキーなアジャストになった結果、まともには使えない形になっている。

……斧と【黒纏套】の組み合わせといい、俺の切り札は装備間のシナジーで何とか使えるものがほとんどだな。

『折角《せっかく》の【大小喚の輪《ビッグ・オア・スモール》】も、使えなかったし……。次に、期待？』

「……ところで、《極大《マキシマイズ》》……性能強化で呼び出す場合ってコストだけでなくデメリットもでかくなるのか？」

『………………ぷい。知んない』

「おい⁉」

俺の目を見ながら答えろよ⁉

凄《すさ》まじく不安になるだろうが！

「……のぅ、レイ。コントをする余《よ》裕《ゆう》があるのか？　傷は、大丈夫《だいじょうぶ》なのか？」

ネメシスが心配そうにそう言ってくる。

そういえば、【スラル】との戦いではかなり傷を負った。今はデスペナルティになっていないが、【出血】によって【気絶】したまま死にかねない。

そんな心配を抱《いだ》いていると、

『傷は深いが、死には至らぬ。血も止まっている。幾《いく》らか時が過ぎれば目覚めるだろう』

「そうなのか？」

『確かだ』

斧が俺の心配を払拭《ふっしょく》するようにそう言った。

俺やネメシスは現実の俺の状態を把握できていないが、斧は別ということだろうか。

出自は分かったけれどやっぱりまだ謎《なぞ》が多いな、こいつ。

『謎と言うほど、重大な情報ではない。単に、使用者の生体情報を把握する機能もあるだけだ。残存した生命力を参照し、死の寸前かつ死に至らない出力を発揮する……といった使用法のためにな』

なるほど。反動の仕様からすれば、むしろないと困る類の機能か。

『夢から覚める前に、汝へ伝えておくべきことがある』

「何だ？」

『此度《こたび》は夢ゆえに力を振るえたが、現実において我は暫《しばら》く使えぬ』

「まぁ、そうだろうな……」

今回はドリームランドの中……意思なきモノが入れない空間だからこそ、斧を呪縛《じゅばく》する怨念《おんねん》の類がなかった。

だが、現実には依然《いぜん》として残っている。

それこそ、【紫怨走甲】でもまだ解呪しきれないようなものが。

『怨念と呪布が在る限り、我は力を選べず、出力の制御《せいぎょ》も不能。汝の身はかつての【覇王《キング・オブ・キングス》】や眷属《けんぞく》と違い、未だ我《わ》が反動に耐《た》える域にない。我を振るえば、自滅《じめつ》あるのみ』

今回の戦いで俺が斧を振るうことができたのは、斧自身が力を制御し、なおかつ【黒纏套】で極限まで反動を抑《おさ》えたからできたことだ。現実で使えば、朝の二《に》の舞《まい》になるだろう。

「分かった。じゃあ、お前の力を借りるのはまたいつか……ってことだな」

『然《しか》り』

「そのときまでに怨念の吸収を進めて、解除方法も探しておくよ。もちろん、名前もな」

『期待する』

斧を手にして【スラル】との戦いに臨《のぞ》む前と同じ言葉を、斧は繰《く》り返した。

「それにしても、結局【呪術師】になったのは無駄《むだ》だったのぅ」

「……あー」

斧が使えるようにと考えて取得したジョブだったけれど、実際には斧の反動を軽減する役には立ちそうにない。

斧から伝わったイメージからすると【堕天騎士《ナイト・オブ・フォールダウン》】でもお手上げらしいので、下級職が埋《う》まったときは真っ先にリセットする候補になるだろう。

『然り。呪術師系統は我が力の扱《あつか》いには寄与《きよ》せず。だが、【呪術師】を消すべきではない。否《いな》、正確には……先への可能性を閉じるべきではない』

「え？」

他ならぬ斧自身が、そんなことを言い始めた。

でも、斧自体の扱いには関係がないと言っているのにどうして？

『【聖騎士《パラディン》】と【死兵《デス・ソルジャー》】を選び、炎《ほのお》を用い、臨死の経験もある。汝の記憶《きおく》にはなかったが、偶然《ぐうぜん》にしては一致《いっち》しすぎているとも考えたが……』

「待て、何の話だ？」

『…………』

俺の問いに、斧は少し間をおいて回答する。

『――複合系統超級職』

「……！」

複合超級職。それは【破壊王《キング・オブ・デストロイ》】のように一系統を突《つ》き詰めた先にあるものや、【抜刀神《ジ・アンシース》】のような卓越《たくえつ》した技術の先にあるものでもない。

複数の、全く別系統のジョブを取得した先に現れる超級職。

それは、あるいは迅羽《じんう》の【尸解仙《マスター・キョンシー》】のような……。

「ある、のか……？　そんな超級職が？」

『然り。現時点で在位する者はなく、汝の記憶を読む限り条件も失伝しているようだ。複合系統超級職の中でも特異な条件であるため、理解できる』

「お前は知っているのか？」

『知っている。だが、明確に伝えることはできない。制限が掛《か》かっている』

制限……？

『我らを生み出した〈鍛冶屋《スミス》〉同様に、ジョブは〈斡旋者《ファインダー》〉が誂《しつら》えたもの。条件を達成した者に更《さら》なる力を与《あた》える大原則。条件が困難であるほどに、特異であるほどに、それは顕《けん》著《ちょ》となる』

「…………」

『ゆえに、条件の開示はできない。より正確には、『空位の超級職』の条件を明かすことを我らは許可されていない』

ジョブを用意した人物の立場になって考えてみれば、答えを教えることができないというのも道理ではある。

『ゆえに、汝の道の先にありうる超級職の名も条件も我は伝えることができない。伝えることができるのは、汝が既《すで》に達成したことだけ。助言は先刻のもので限界だ』

さっきの【聖騎士】や【死兵】、そして【呪術師】の話か……。

「のぅ。一つ尋《たず》ねるが、『空位でない超級職』の条件は聞けるのか？」

『然り。『在位中の超級職』は制限されていない』

……されてないのか。

「というか、空位とか在位とか、判断できるのか？」

『然り。我の機能の一つだ』

こいつ機能多いな。

『端的《たんてき》に言えば、【アルター】と【聖剣王】のようにジョブと紐《ひも》づける機能の派生だ。同時代に【聖剣王】を二人作る訳にもいかぬため、超級職の空位を確認する機能がある。しかし我は未完成であり、紐づけるジョブも設えられることがなかったため、正規の使用法は不可能となっている』

そういう理由か。

「では、在位中の超級職で最も条件が困難なものは何かのぅ」

『…………』

興味本位であろうネメシスの問いに、斧は暫《しば》し考えているようだった。

それは在位を調べているためか、あるいは条件を比較しているためか。

しかしやがて、一つの答えを回答する。

『最たるものは『上級職・超級職に就《つ》かぬまま、合計レベルと『STR・AGI・END』

の合計ステータスが自身の一〇倍以上の超級職を単独で一〇人殺害する』が条件の超級職だ』

「…………どういう条件だよ、それ」

下級職のまま、超級職を一〇人。

合計ステータスの括《くく》りが物理ステータスの『STR・AGI・END』であるため、生産職や魔《ま》法《ほう》職を不意打ちで殺すという手口も不可能だ。

それに一〇倍以上と言うが、超級職に至るほどの者と下級職のみの者を比べれば、一〇倍などという生易しい数値差である可能性は低い。

そもそも、合計レベルも一〇倍以上なのだから就ける下級職も一つか二つが限度だろう。しかもティアンのみの時代であれば文字通り命懸《いのちが》けであり、黙《だま》って殺される超級職はまずいない。どう考えても、達成困難だ。

『殺害の判定は、超級職の空位化によって判定される。ゆえに、結界装置や汝に類する者達《〈マスター〉》のように死しても蘇《よみがえ》り、超級職を保持し続ける性質《せいしつ》の持ち主は計測の対象外だ』

……もはや不可能と言っていい。

その〈斡旋者〉とやらは、絶対に達成できない前提でこの条件を設えたとしか思えない。

「…………？」

いや、待った。

たしか、斧が条件を話せるのは……『在位の超級職』だけじゃなかったか？

こんな異常な条件を達成した奴《やつ》が……いるのか？

「それで、一体どんな超級職がそんな頭のおかしい条件なのだ？」

ネメシスの問いに、斧は……。

『――かつての我が所有者、【覇王《キング・オブ・キングス》】の条件である』

――六〇〇年前の伝説の名を挙げた。

「【覇王】……」

それは斧の記憶で視《み》た、斧を使いこなした所有者だ。

記憶を視る前からも、三強時代と呼ばれた六〇〇年前に覇《は》を唱え、世界を二分した恐《おそ》るべき力の持ち主だったとは聞いている。

そして、三強時代の終わりに失踪《しっそう》しているとも……。

『推測だが、未だ存命なのだろう。所有者なき間も度々確認《たびたびかくにん》していたが、【覇王】が空位となったことは一度もない』

「…………」

長命な種族もいるとは聞いている。

だが、六〇〇年前に失踪したまま、何処《どこ》で生きているのだろうか……。

「……これ、また何か恐ろしいトラブルの予兆ではないかのぅ」

「縁起《えんぎ》でもないことを言うな」

世界を二分した危険人物絡《がら》みのトラブルなんて、ただでさえ問題だらけの今は絶対に起きて欲しくないぞ……。

◇

「…………ん？」

三人と話している内に、気づけば俺は仰向《あおむ》けで空を見上げていた。

どうやら、目が覚めたらしい。

見上げた空は、夜の色が深くなっていた。

『…………』

横を見れば、寝《ね》そべったシルバーが俺をジッと見つめていた。

四本あった脚《あし》は、左側の二本が切断されている。

「お前も……大変だったな」

『………』

シルバーは無言のまま俺の顔に鼻を寄せて、アイテムボックスに自ら戻《もど》っていった。

「……おつかれ」

シルバーの脚が自己修復で治る範囲《はんい》なのかも不明だ。

もしものときは先々期文明に詳《くわ》しいインテグラや、【セカンドモデル】の工場にいるブルースクリーン氏に相談するしかないだろう。より深刻な破壊を受けていた【黄金之雷霆《ゴルド・サンダー》】が修復されているので、大丈夫だと思いたいが……。

「ん……？」

指先に、硬《かた》い何かが触《ふ》れた感触《かんしょく》があった。

それは地べたの上に転がっていたポーションの空き瓶。

加えて、俺の体も少し濡《ぬ》れていた。

「……応急処置はしてくれたってことかな」

彼女達の姿は見えない。俺にひとまずの処置を施《ほどこ》してくれてから立ち去ったのだろう。

結局、彼女達がどこの誰《だれ》かは分からないままだった。

「………」

けれど、いつかどこかで再会するような……予感があった。

「……さて、この時間だと〈トーナメント〉が終わる頃《ころ》かな」

シルバーが動けないし、俺もまだ満身創痍《まんしんそうい》だ。幾つも並んだ状態異常に、ダメージ由来の拘束《こうそく》系まで交ざっている。そのせいでログアウトを介《かい》してのギデオン帰還《きかん》もできない。

レイレイさんが〈トーナメント〉に優勝し、〈UBM〉と戦う段になってもギデオンに帰還するのは無理そうだ。

レイレイさんは忙《いそが》しいから、〈UBM〉への挑戦《ちょうせん》も含めて手早く済ませなければいけないだろう。通信魔法アイテムで兄に欠席を伝えておかないといけない。

あと、できれば手の空いた誰かに迎《むか》えに来てもらえれば助かる、かな。

「………ふぅ」

リアルで連絡《れんらく》を取らなければいけないが、その前に一息吐《は》いて空を見上げる。

空は完全に夜になって、周囲はひどく静かだった。

夜の森は鳥の羽ばたきもなく、虫の声さえも聞こえない。ネメシスは眠ったままで、斧も現実では語りかけてこず、シルバーは格納され、ガルドランダは呼んでいない。

ただ独りで、静かな夜の森に腰《こし》を下ろしている。

「今回は……いつもと違う大変さだったな」

先刻の戦いを通して自分達の成長を感じることはできた。

レベルや数値ではなく、もっと形のない成長だったように思う。

その成長が……今の俺には必要だったのかもしれない。

「…………」

北の方角を見る。

ギデオンを、その先の王都を……そして未だ見ぬ皇国を幻視《げんし》した。

夢の中で自分が口にした、一つの言葉を思い出す。

「……絶対に勝たなければならない戦い、か」

それはきっと……遠くない。

■〝監獄《かんごく》〟

◆◆◆

その日の〝監獄〟は、ひどく静かだった。

〝監獄〟に収監《しゅうかん》されていた三人の〈超級《スペリオル》〉が脱獄《だつごく》し、他の〈マスター〉がキャンディのウイルスで全滅《ぜんめつ》した。

ティアンもいない〝監獄〟は、死の充満《じゅうまん》した無人都市と化した。

けれど、街の中から少しだけ場所を変えれば……ただ独り、生きている者がいる。

「…………」

それは、地べたに座《すわ》り込《こ》んだ一人の少年だった。

彼の傍《かたわ》らには体格も顔も隠した人型の〈エンブリオ〉が立っている。

座っているだけ、立っているだけの動かない二人。

だが、見る者によっては……彼らが何もしていない訳ではないと気づくだろう。

少しずつ、少しずつ……彼らは、少年の〈エンブリオ〉は〝監獄〟を喰《く》っていた。

〝監獄〟を構築するリソースを削り、自らに蓄《たくわ》え、少しずつ崩《くず》している。

それはスプーンで床下《ゆかした》を掘《ほ》るような……古典的で遅々《ちち》とした〝脱獄〟だ。

けれど、彼らはそれをずっと続けている。〈エンブリオ〉が生まれぬ内に収監され、〈エンブリオ〉が孵化《ふか》し、進化し、〈超級〉に至るまで……彼らはずっとそれを繰り返す。

時折、迷《まよ》い込む他の〈マスター〉も餌食《えじき》としても、続けてきた。

そうして今は……終わりも見えている。

あと一年、掛かるか掛からないかといったところだ。

三人の〈超級〉が力を重ねて実現したことを、彼は単独で実行しようとしている。


彼の名は、フウタ。

〝監獄〟最初の収監者にして――〈超級〉に至った最初の〈マスター〉。

揺《ゆ》らがず、惑《まど》わず、ただ一つの使命のために在り続けるモノ。

この〈Infinite Dendrogram〉において……最も楽しまない〈マスター〉。


「……今日は、ひどく静かだ」

フウタは、ダンジョンの外から何の音も伝わってこないことに気づいて、そう呟いた。

今は、彼しか生きている人間はいない。レドキングが内部のウィルスの除去作業を行っているが、それが済むまでは囚人達《しゅうじんたち》もログインできないだろう。

「…………」

静まり返った〝監獄〟に対し、フウタは少しだけある希望を抱く。

もしかしたら、誰も彼もこの〈Infinite Dendrogram〉に飽《あ》き飽きして、やめてしまったのではないか、と。

や、やめてくれたのではないか、と。

けれど、そうはならないことを……彼の知る現実が伝えてくる。

このリアリティを謳《うた》う……リアリティを騙る〈Infinite Dendrogram〉という存在は、そう簡単には潰《つい》えてくれないのだと。

それに〝監獄〟にいなくとも、外にはまだ大勢いるのだろうから。

だからこそ、フウタはまだ止まらない。

『規定時間経過』

不意に、フウタの〈エンブリオ〉……アポカリプスが言葉を発する。

『前回の指示より三〇日が経過。継続《けいぞく》の場合は命令の再提示を求める』

無地の仮面に完全に隠れた口から、己の主《あるじ》に問いかける。

アポストルの〈エンブリオ〉であるはずだが、その言葉はあまりにも機械的だった。

「……………削って、壊《こわ》して、作りかえて」

煩《わずら》わしそうに、フウタはアポカリプスの問いに答える。

『吸収・破壊対象の提示を求める』

「こんな世界なんて、要《い》らない」

〝監獄〟でただ独りの〈マスター〉となっても、フウタは変わらない。

変わらずダンジョンの中でダンジョンを削り、リソースを蓄え、その日を待つ。

いつかこの〝監獄〟を出て、〈Infinite Dendrogram〉そのものを破壊する日を想像する。

彼は否定したいのだ。

この〈Infinite Dendrogram〉そのものを、否定して消し去りたい。

純粋《じゅんすい》にそれだけを考えて、矛盾《むじゅん》を抱《かか》えて、〈Infinite Dendrogram〉に入り続けている。

『再構成目標の提示を求める』

そんなフウタが、目指すものは……。

「――次の世界《NEXT WORLD》が、あればいい」

――かつて失くした次の世界。

『了解《りょうかい》』

アポカリプスはそれだけ告げると、再び無言になって立ち続けた。

傍らの案山子《かかし》のようなアポカリプスの傍《そば》で、フウタは膝《ひざ》を抱えたまま……拳《こぶし》を握《にぎ》りしめる。

膝を抱えて座したまま、次の世界を望む少年は待ち続けた。

『今を望む全《すべ》ての者に勝たなければならない戦い』が、いつか訪れるのを確信しながら。

To be continued

あとがき

猫「あとがきのお時間です－。今回は猫ことチェシャと」

熊『熊ことシュウ・スターリングでお送りするクマー』

猫「基本に立ち返ったコンビだね－。久しぶりな気がする」

熊『俺が前回休みで、前々回の熊は俺じゃなくてカルルだったしな』

猫「カルルと言えば、今回も着ぐるみキャラが増えました」

熊『ZZZだな。ま、あいつの場合は着ぐるみっつーか寝具クマ』

猫「それにしてもカルルといい、今回の着ぐるみも疑似的な無敵キャラだったね」

猫「着ぐるみの人って変なコンボ使ってくるよね－。天地の二重鉢もだけど」

熊『そうか？　俺も着ぐるみだが普通だと思うクマ』

猫「……巨大ロボで空間叩き割る人は普通じゃないから－」

熊『そもそもデンドロの猛者でコンボ使わない奴いるか？』

猫「それはそう。ジョブとエンブリオと特典武具。三種のシステムが噛み合うからね」
猫「『混ぜるな危険』で結果がバグってるのは認めるー」
熊『三種？』
猫「土台に元々あったジョブシステムと、僕らが持ち込んだ〈エンブリオ〉」
猫「それと非人間範疇生物を魔改造した上で加工した特典武具だね」
猫「実は一番手を入れたシステムは特典武具なんだよね。他二つはそのままだし」
熊『ふむ。しれっと重要情報が漏らされたような気がするクマ』
猫「けれどまぁ、そんな手の込んだ特典武具より強い装備もあるけどね」
猫「今回の斧はその代表例だよ。あれって武器としての格は【グローリア】より上だし」
猫「強すぎで危険すぎ。レイ君が使いこなせるようになるのはずっと先だろうね」
猫「今回は夢の中で最終装備を先取りしたようなものだからー」
熊『……前々から思ってたが、お前はかなり口が軽いクマ』
猫「同僚にもよく言われるー」
猫「まぁ、お喋りする友達が欲しかった〈マスター〉の〈エンブリオ〉だしね」
猫「口が軽いのも仕方ないかなーって！」
熊『開き直ったクマ』
猫「雑談は此処までにして、作者のコメントタイムでーす」

読者の皆様、ご購入ありがとうございます。作者の海道左近です。

この十九巻では『負けてもいい戦い』で勝つため、レイが一回り成長を遂げました。

最初期からレイが持っていた弱点の一つが、克服された形となります。

この作品の物語は長く、作中でキャラクターが変化・成長することも多いです。

この巻でレイと行動を共にしたガーベラもそうして変化・成長した者の一人でしょう。

今後も作品が続く中で、読者の皆様にもキャラクター達がどう変わっていくかを見届けていただければなと思っています。

なお、次巻はユーゴーの物語です。彼女もまた、本作において成長過程にあるキャラクターの一人です。そんな彼女が次は如何なる試練に直面するのか、お楽しみに。

それと彼女とルークのバトルを描いた漫画版十巻も発売中なので。そちらもよろしくお願いいたします。十巻もすごいクオリティですよ。

さて、本作は次巻でついに二十巻に到達します。

作者としても、ここまで来ることができたかという気持ちがあります。

皆様のお陰で無事にシリーズをここまで続けられました。まだまだ物語は続きますが、今後も読んでくれる皆様に楽しみいただけるよう頑張っていきます。

それと記念すべき巻数でもあるので、二十巻はいつもと違う試みを盛り込む予定です。

作者も物凄く楽しみな試みなので、ご期待いただければ幸いです。
今後とも、インフィニット・デンドログラムをよろしくお願いいたします。

海道左近

猫「それじゃあ次巻予告ー」
熊『ここのところ、連続で発売予定月からズレてるけど大丈夫クマ？』
猫「ふっふっふ。ちゃーんと対策は考えてるよ」
猫**「第二十巻は二〇二三年冬発売予定！」**
熊『……予告時期で日和ったクマ！』
猫「発売月がズレるなら月指定で予告しなければいいんだよ！」
熊『でも、三月にまでズレたら冬とは言わないいんじゃないかクマ？』
猫「……ズレない、はず！　ズレてもまだ寒ければ冬！」
熊『どうなる次巻。それではお楽しみにクマー』

発売予定!!

HJ文庫
【放蕩王】マニゴルドの依頼を受け護衛として
砂上の豪華客船へと乗り込むユーゴーとキューコ。
そこには、複数の勢力による思惑も渦巻いており――。
【器神】【強奪王】【超操縦士】……超級職たちの
入り乱れる戦場をユーゴーは切り抜けることはできるのか!?
大人気VRMMOバトルファンタジー第20巻!
Infinite Dendrogram
インフィニット・デンドログラム
20.砂上の狂騒曲（カプリッチオ）
2023年冬

HJ文庫
1022
https://firecross.jp/

〈Infinite Dendrogram〉-インフィニット・デンドログラム-
19.幻夢境の王
2022年9月1日　初版発行

著者――海道左近

発行者―松下大介
発行所―株式会社ホビージャパン
〒151-0053
東京都渋谷区代々木2-15-8
電話　03(5304)7604（編集）
03(5304)9112（営業）

印刷所――大日本印刷株式会社／カバー印刷　株式会社広済堂ネクスト
装丁――BEE-PEE／株式会社エストール

ISBN978-4-7986-2888-2　C0193